콜센터의 말

콜센터의 말

에 이
세 예
이 은

민음사

차례

프롤로그

2020년 1월, 나는 일본의 한 여행사 콜센터에 입사했다. 코로나19가 전 세계를 휩쓸기 직전이었다. 원서를 내기 전까지 내가 콜센터 상담원이 되리라고는 한 번도 상상해 보지 못했다. 그것도 일본에서 일본어로 전화를 받게 될 줄은. 교육을 마치고 처음 헤드셋을 쓰던 순간에도 마치 뉴스나 소설로 접하던 일이 내게 일어난 듯 생경한 기분이었다.

곰곰이 생각해 보면 그리 이상한 일은 아니다. 콜센터 상담원은 살면서 누구나 한번쯤 접할 정도로 흔한 직업이니 말이다. 나만 해도 마음먹고 산 노트북이 일주일 만에 고장 나서, 구매 이력에서 '배송 완료'라고 표시되는 택배가 도무지 올 기미를 보이지 않아서, 지갑을 분실하는 바람에 각종 카드를 재발급해야 해서 각 회사의 콜센터 번호를 찾아 도움을 청한 적이 있다. 서울에서 직장 생활을 하던 시절에는 내 전화번호를 어떻게 알았는지 달갑지 않은 대출이나 보험 광고 전화도 시시때때로 걸려 왔다. 인터넷이 없었던 어린 시절까지 거슬러 올라가면 필요한 번호가 있을 때마다 114를 눌러 상담원의 상냥한 목소리에 의지하기도 했다.

고객에게 제품이나 서비스를 제공하고 나서 나 몰라라 할 수 없기에, 수많은 기업과 시설이 콜센터를 운영한다. 공공 기관에서부터 은행, 통신사, 홈쇼핑, 유통, 복지 등 업계도 광범위하다. 대부분 직접 운영하기보다 위탁업체에 맡기고 있지만. 우리 곁에는 생활을 지탱해 주는 수많은 상담원이 있다. 지금 이 순간에도 24시간 불 꺼지지 않는 콜센터에서 누군가가 긴장한 채 전화를 받고 있을 것이다.

그런데 그 많은 상담원이 대체 어디에서 왔을까 상상하면 조금 아득해진다. 어릴 적 장래 희망으로 콜센터 상담원을 꼽은 사람이 몇이나 될까. 낭랑한 목소리와 기민한 센스로 문제를 해결하는 일에 매력을 느낄 수는 있다. 하지만 콜센터가 삶의 1지망이었다는 사람은 콜센터 안에서도 찾기힘들다. 상담원 일에 애정과 자부심을 가지고 높은 소득을 올리는 이들도 분명 있지만, 내가 경험한 콜센터는 각자의 이상적인 경로를 이탈한 사람들이 잠시 흘러 들어왔다 나가는 웅덩이에 가까웠다.

일본에서도 콜센터는 높은 퇴사율과 감정 노동을 상징한다. 실제로 나와 함께 일한 거의 모든 동료가 내심 탈출을 꿈꿨다. 한 달에 몇 통씩 메일 함에 들어오는 누군가의 퇴사 소식은 '왜?'라는 의문보다는 '좋겠다.'라는 부러움을 야기했고, 남은 이들도 전화를 받지 않는 부서로 이동하기를 희망했다. 나 역시 입사한 지 약 1년 반 만인 2021년 6월에 콜센터에서 퇴사했다. 날짜로 치면 인생에서 꼭 520일을 상담원으로 살았다. 결코 긴 시간은 아니었지만, 코로나 시대에 일본에서, 그것도 하필이면 여행사 콜센터에서 근무한 경험은 내 인생에 다시없을 강렬한 사건이었다.

콜센터에 다니는 동안 하루에 적게는 20~30명, 많게는 70명이 넘는 고객과 대화를 나눴다. 마지막 근무일에 업무 일지를 확인하니 그동안 받은 전화와 메일, 채팅이 약 1만 4000건에 달했다. 살면서 이토록 짧은 시간 동안 다수의 사람과 이야기할 일은 아마 또 없을 것이다. 그런데 이상하게도 아무리 많은 사람들의 말을 경청하고 문의를 해결해도 하루의 끝에는 답답함이 남았다. TV에서는 달변이지만 집에서는 묵언 수행을 한다는 일부 방송인처럼, 온종일 전화에 시달리다 보니 퇴근 후에는 입을 열고 싶지 않았다. 아니, 그럴 힘조차 없었다. 돌이켜 보면 살면서 가장 많은 말을 했지만 정작 속 이야기는 어디에도 털어놓지 못한 나날이었다.

상담원이라는 자리에서 벗어나고 나서야 나는 그동안

켜켜이 쌓인 응어리를 털어 낼 수 있었다. 나에게 그 시간의 의미를 돌이켜 볼 가장 좋은 방법은 글쓰기였다. 콜센터에서의 경험을 담은 16편의 글을 묶어 퇴사 후 2주 만에 브런치북 『일본 콜센터에서 520일』을 펴냈다. 그리고 놀랍게도 그 글이 9회 브런치북 출판 프로젝트 대상에 선정되어 출간의 기회를 얻었다.

출간을 앞두고 원고를 수정하며, 주제를 520일이라는 시간이 아닌 '콜센터의 말'로 변경하기로 결정했다. 언어야 말로 콜센터에서 일하는 내내 가장 깊이 생각한 주제였기 때문이다. 더 구체적으로 말하면, 그 한계와 이중성이 나를 자주 고민에 빠뜨렸다. 언어는 사진과 비슷하다. 특별한 풍경을 만나면 우리는 그 장면을 카메라에 담아 어떻게든 붙든다. 사진은 지나간 추억과 현재의 나를 잇는 매개체다. 그렇지만 그 순간 내 시선에 닿은 풍경과 기계가 내놓은 결과물은 같지 않다. 더군다나 오랜 시간이 흐른 뒤 그 장면을 되돌아보면 사진으로 남긴 순간만 생생하고, 프레임 바깥의 다채로웠던 경험은 휘발되고 만다. 완벽하지 않은 기록에 기억이 갇히는 셈이다.

마음을 담는 불완전한 도구라는 점에서 언어도 사진과 닮았다. 말이나 글로 전하지 못한 내면의 소리는 영영 사라지고 말기에 인간은 언어를 사용한다. 보이지 않는 마음과 마음을 잇는 언어는 틀림없이 고마운 존재지만, 총천연색의 알록달록한 감정과 생각을 한정된 문자나 소리에 담기란 쉽지 않다. 게다가 개개인이 축적한 단어집에는 언제나 편차가 있다. 단어별 정의도 그 사람의 성향이나 경험에 따라 다를 수 있다. 그러니 상대방이 받아들인 내 말의 의미가 내가 보낸 것과 같은 색과 모양이라고 확신할 수 없다. 다만 우리의 언어가 조금은 비슷하기를 바라며 나의 말을 흘려 보낼 뿐이다. 나의 사랑과 너의 사랑이 같지 않음에도 별수 없이 '사랑해.'라는 말을 주고받고 안도하듯이.

콜센터에서 오가는 무수한 표현도 마찬가지다. 별 감흥을 불러일으키지 못했던 '고맙습니다.'나 '죄송합니다.' 같은 흔한 문장들이 상담원으로 일하는 동안 내 안에서 새로운 의미를 덧입었다. 또 상담원으로 일하지 않았다면 평생 들을 필요가 없었을 표현들도 적잖이 만났다. 콜센터에서 오간 대부분의 말은 내 입을 떠나거나 귀에 들어오는 순간 소멸되었지만, 어떤 말은 끈질긴 생명력으로 가슴에 남아 성찰의 촉매가 됐다.

그렇게 건져 올린 스물세 개의 표현을 이 책에 담았다. 1장의 표현들은 콜센터에 입사하고 한 명의 상담원으로 거듭나는 과정에서 매일같이 쓰며 익숙해져야 했던 말들이다.

프롤로그

격식 있는 문장 뒤에 숨겨진 콜센터 노동자의 기쁨과 슬픔을 이야기한다. 2장은 코로나 시대의 말이다. '안녕하세요.' '괜찮습니다.', '또 뵙겠습니다.' 같은 말들은 코로나와 함께 새로운 의미의 겹을 입었다. 2장의 이야기들은 코로나 시기 여행업계에서 일했던 외국인 노동자로서 내가 겪었던 부침의 기록이기도 하다. 3장에는 나를 웃고 울린 고객의 말을 담았다. 단 한 번 목소리로만 만났지만 그 사이에 고마움과 분노, 애틋함과 두려움이 쌓였다. 고작 헤드셋 너머로 들리는 소리의 파동이 그토록 선명한 감정의 동요를 일으킬 수 있음을, 콜센터에서 일하기 전에는 미처 알지 못했다. 마지막 4장은 콜센터 밖으로 흘러넘친 말들이다. 낯선 일본에서 들었던 환대의 말들은 상담원 일을 계속할 수 있게 나를 지탱해 주었고, 콜센터 동료들의 따뜻한 위로의 말들은 콜센터 바깥으로 퍼져 나가 지금의 나를 만들었다.

일본에 거주하는 이민자로서, 콜센터에서 일한 전직 상담원으로서, 그리고 코로나 시대에 여행사에서 근무한 노동자로서 즐겁고 고마웠던 일뿐 아니라 서글프거나 힘들었던 일들까지도 솔직하게 옮겼다. 하지만 이 책의 어떤 문장에도 특정 국가나 직업, 직장, 혹은 개인을 비하하려는 의도는 없다. 또한 신원을 특정할 만한 정보는 생략하거나 조금씩 바꾸었다. 회사를 유추하는 데 단서가 될 만한 이야기도 가급적 배제했고, 대화 내용은 기억을 바탕으로 번역하고 재구성했다.

책을 쓰는 내내 고집한 콜센터라는 표현이 시대착오적일지도 모른다. 요즘은 콜센터라고 해서 전화만 받지는 않는다. 이메일이나 홈페이지, SNS를 통해 문의를 접수하기도 하고, 인공지능을 활용해 채팅 서비스를 제공하는 곳도 흔하다. 내가 다닌 콜센터도 다양한 경로를 통해 고객의 문의에 대응했다. 업계에서도 '고객 센터', '콘택트 센터'라는 폭넓은 명칭이나 세련된 이미지를 덧입힌 '커스터머 서비스(Customer Service)' 또는 '커스터머 서포트(Customer Support)'라는 말을 사용한다. 그런데도 콜센터라는 표현을 고집한 이유는 여전히 상담원에게는 전화가 주 업무이며, 콜센터가 독자들에게도 가장 직관적이고 친숙한 표현이라 판단해서다. 나아가 콜센터라는 단어가 가진 불편한 뉘앙스를 지우고 싶다면, 용어를 바꾸기보다 본질적인 문제를 개선해야 한다는 생각도 있었다.

이 책을 완성하기까지 많은 이의 도움을 받았다. 카카오 브런치와 민음사 편집팀이 아니었다면 이 이야기는 세상에 나오지 못했을 것이다. 집필 활동을 물심양면으로 지

프롤로그

원해 준 남편과 멀리서 응원해 준 가족, 그리고 하늘에 계신 친할머니께도 이 자리를 빌려 사랑과 존경을 전하고 싶다. 콜센터에 몸담는 동안 나를 스쳐 간 얼굴 모를 고객들도 빼놓을 수 없다. 대부분 무던하고, 가끔은 상냥했으며, 드물게 진상이었던 모든 분들 덕분에 이 책을 완성할 수 있었다.

　팬데믹 시대 일본 여행사의 콜센터. 특수한 배경에서 탄생한 글이지만, 그저 주어진 일상을 묵묵히 살아 내야 했던 평범한 사람의 이야기로 읽히기를 바란다. 더해 이 책이 평범한 말 속에 원석 같은 마음을 숨긴 채 살아가는 현대인에게 작은 위로가 된다면 더할 나위 없이 기쁘겠다.

1장

콜센터 상담원의 말

대단히 유감이지만

誠に残念ではございますが

잘 부탁드립니다

よろしくお願いします

폐를 끼쳤습니다

ご迷惑をおかけしました

사과드립니다

お詫び申し上げます

다른 궁금한 점은 없으십니까

他にご不明な点はございませんか

좋은 아침입니다

おはようございます

합격 의자에 앉지 못한 내게

> **대단히 유감이지만**
>
> **誠に残念ではございますが**

'의자 앉기 게임'이라는 놀이가 있다. 참가자보다 적은 수의 의자를 놓고 주위를 돌다가 호루라기 소리가 떨어지면 의자를 차지해야 하는 게임. 어린 시절 한번쯤 해 봤을 이 놀이를 나는 정말 싫어했다. 신호를 기다리며 주변의 눈치를 살필 때 심장이 조여드는 기분도 질색이고, 경쟁자의 엉덩이를 힘껏 밀치는 공격성도 버거웠다. 갈팡질팡하는 사이 바닥에 내팽개쳐질 때의 기분은 처참하기 짝이 없었다. 요즘도 예능에서 이 게임을 통해 우스꽝스러운 장면을 종종 연출하곤 하는데, 공감성 수치를 이기지 못하는 나는 어김없이 채널을 돌리고 만다.

　다행히 한 학년씩 올라갈 때마다 몸을 쓰며 놀 일은 빠르게 줄어들었다. 하지만 졸업을 하고 취업 시장에 입성하고 나니, 그곳이야말로 거대한 의자 앉기 게임장이었다. 참가자는 수백, 수천 명인데 의자는 하나뿐이었다. 특출난 누군가의 성공은 곧 나의 좌절이었고, 나의 승리는 곧 다른 후보자의 패배를 의미했다. 그런데 놀랍게도 그 잔인한 게임에서 나는 거의 언제나 의자에 앉는 사람이었다. 적어도 20대까지는.

원서만 냈다 하면 합격이었던 20대의 구직 활동은 천운이라고밖에 설명할 수 없다. 시작은 한 비영리 단체의 번역직이었다. 특출난 재능은 없었지만 유년기를 미국에서 보낸 덕에 영어에는 웬만큼 자신 있었다. 뚜렷한 대책 없이 대학교를 졸업해 버린 나는 서울에서 자취하며 통번역대학원을 준비하기로 했다. 그러려면 생활비와 학원비를 벌어야 했는데, 근무 시간이 짧은 파견직 구인 정보가 눈에 들어왔다. 응모 과정은 서류 접수와 간단한 번역 테스트가 전부였고, 태어나 처음 본 면접은 다행히 무사 통과였다.

그런데 입시 학원에 다닌 지 얼마 지나지 않아 통역사를 꿈꾸기에는 내 재능과 열정이 형편없음을 깨달았다. 게다가 적은 돈이지만 월급의 맛을 알고 나니 돈을 벌고 싶다는 바람이 더욱 커졌다. 결국 대학원 시험을 3개월 앞두고 나는 신입 사원 공채로 눈을 돌렸다. 시험 삼아 지원한 곳은 대기업에서 운영하는 체인 호텔. 취업난에 경쟁률이 수백 대 일에 달했는데도 운 좋게 합격했다. "합격하면 입사할 거예요?"라는 질문에 "저는 여기밖에 지원 안 했는데요.”라고 대답한 지원자가 희귀해서였을까? 덜컥 호텔에 입사해 버린 나는 본사 홍보팀에 배정되었고, 토익 점수가 높다는 이유로 주로 보도 자료 번역을 담당했다. 파견 사원으로 일하던 시절과 업무는 크게 다르지 않았지만, 월급은 세 배 가까이 올랐다. 덕분에 고시원에서 원룸 빌라로, 다시 번화가의 말끔한 오피스텔로 이사할 수 있었다. 남부러울 것 없는 생활이었지만 권태기가 가장 심하다는 마의 3년 차를 넘기지 못했다. 사표를 쓰고 향한 곳은 일본이었다. 대학 시절 도쿄에서 교환학생으로 한 학기를 공부한 적이 있어 중급 수준의 일본어를 구사할 수 있었고, 일본의 학비나 물가는 비교적 저렴했다. 어느새 단조로워진 직장 생활보다 나를 가슴 뛰게 할 무언가가 바다 건너에 있을 것만 같았다.

다행히 취업운은 해외에서도 이어졌다. 일본에서 대학원에 다니며 처음 지원한 아르바이트는 전화 통역 업무였다. 한자에 약해 일본어 필기 테스트에서는 열 문제 중 하나에도 제대로 답을 쓰지 못했지만 실기에서 괜찮은 점수를 얻었다. 그 외에도 이력서를 넣은 여러 번역 업체에서 어김없이 긍정적인 답장을 받았다. 졸업 후 취업도 순조로웠다. 졸업을 앞두고 등록한 에이전시에서 처음 소개해 준 스타트업에 단번에 합격했으니. 여행자용 번역기를 개발하던 작은 IT 회사에서 번역 팀을 이끄는 프로젝트 매니저로 근무했다.

그런데 취업한 지 8개월쯤 지났을 때 그사이 일본에서 만나 결혼한 남편이 1년간 싱가포르로 파견 근무를 나가게 됐다. 용감하게도 나는 미련 없이 회사를 그만두고 함께 일본을 떠났다. 잠시 쉬다 돌아와도 나를 받아 주는 곳이 있으리라 믿으며.

쉬운 성공이 독이 될 수 있음을 2019년 여름, 일본에 돌아와 절감했다. 직장에 다니지 않는 동안에도 줄곧 프리랜서로 번역을 하고 글을 썼지만 수입이 일정하지 않았다. 더군다나 일본의 경제 제재로 한일 관계가 최악으로 치닫고 있었다. 그 바람에 맡고 있던 여행 콘텐츠 제작과 번역 프로젝트가 전면 중단됐다. 더 이상 프리랜서로 일하기 어려워져 다시 취업 시장의 문을 두드리기로 했다. 하지만 나는 외국어 외에 이렇다 할 기술 없이 입사와 퇴사를 반복한 나이 서른의 무직자였다. 언제 일본을 떠나거나 육아 휴직에 들어갈지 모르는 외국인 기혼 여성임은 차치하고서라도, 나를 두 팔 벌려 환영할 회사는 없었다.

일본에 오기 전부터 눈여겨보던 외국계 영한 번역 사원 자리가 있었다. 긴 경력도 요구하지 않는 계약직이었기에 '나 정도면 되겠지.'라며 내심 기대를 했다. 그러나 서류 통과조차 되지 않았을 때 무언가 잘못됐음을 직감했다. 급한 마음에 해외 관광객을 대상으로 여행 콘텐츠를 발행하는 여러 회사에 이력서를 보냈다. 지금까지 감감무소식이다.

서류 심사 단계에서부터 번번이 탈락의 고배를 마시다 겨우 면접 연락을 받았다. 일본에 사는 외국인의 행정 처리를 돕는 공공 기관의 파견직이었다. 그런데 채용 담당자가 전화 면담을 나누다가 대뜸 "중국분 맞지요?"라고 묻는 게 아닌가. "한국 사람인데요."라고 대답했더니, 중국인인 줄 알고 면접에 부르려 했다는 거였다. 이력서를 제대로 살피지 않은 채 넘겨짚은 듯했다. 면접은 그 자리에서 무산됐다.

신생 마케팅 회사에서 영한 번역가 겸 카피라이터를 구한다는 공고를 봤을 때, 오만하게도 여기는 진짜 되겠다 싶었다. 홍보팀에서 근무한 경력이 있고 영어와 한국어를 구사하는 사람이 같은 시기에 일본에서 구직 중일 확률이 몇이나 되겠는가. 그런데 다른 적임자가 금방 나타났는지 면접 전날 취소 통보를 받았다.

마지막으로 희망을 걸었던 곳은 호텔 예약 애플리케이션을 운영하는 스타트업이었다. 한국 시장 진출을 앞두고 마케팅 담당자를 구한다는 구인 정보에 귀가 솔깃했다. 서류 심사도 단번에 통과했다. 이번에야말로 합격하겠다는 각오로 나는 첫 면접에 국내 시장 분석과 마케팅 전략을 담은 포트폴리오를 만들어 갔다. 정성이 통했는지, 젊은 실무자와의 면접에서 호감을 샀다. 첫 1차 합격이었다. 그런데 입사 후 첫 몇 년은 중국에서 일해야 한다는 게 아닌가. 이렇게 중요한 내용이 왜 모집 공고에 빠졌는지 이해되지 않았지만, 워낙 절박했던 터라 남편과 상의 끝에 문제없다고 대답했다. 하지만 비장한 각오에도 불구하고 최종 면접의 문턱은 높았다. 사장이라는 사람이 내 경력보다 결혼 생활에 더 관심을 보일 때 예감했지만 말이다.

우리나라도 비슷하겠지만, 일본 회사의 불합격 메일은 일관된 형식을 띤다. 시작은 언제나 내어 준 시간에 대한 심심한 감사와 지원자의 역량에 대한 입바른 칭찬이다. 본론은 '대단히 유감이지만(誠に残念ではございますが)'이라는 말 뒤에 등장한다. 거듭 탈락 통보를 받다 보니, 나는 메일을 받으면 '유감'이라는 단어부터 훑는 경지에 도달했다. 이 단어가 포착되면 십중팔구 불합격이라는 뜻이다. 상냥함에서 비롯한 인사치레인 줄 알면서도, '그렇게 유감이면 뽑아 주지.'라는 원망부터 생겼다.

지원한 회사로부터 거절당하는 일에 내성이 없었던 나에게는 반복되는 불합격 통보가 충격적이기만 했다. 그간의 행운을 당연시한 업보였을까. 합격 의자에서 내쳐질 때마다 더 깊은 구렁텅이로 추락했다. 세어 보니 약 서른 군데 회사로부터 거절 통보를 받았다. 누군가에게는 크지 않은 숫자일 수 있겠지만, 나름대로 최선을 다한 여정이었기에 실망하지 않을 수 없었다. 지원하는 회사에 맞춰 매번 지원서를 수정하고 홈페이지나 면접 후기에 올라온 정보를 바탕으로 예상 질문과 답안을 만들었다. 그렇게 애써 구애한 상대에게서 유감이라는 말을 들었을 때는 단순히 게임에서 밀려난 게 아니라 인생이 송두리째 부정당하는 기분이었다.

때로는 당혹스럽고 꾸준히 피 말리던 구직 생활이 6개월간 이어지자, 나는 희망을 버리기에 이르렀다.

'취업한다고 더 시간 낭비하지 말고, 유학 시절처럼 아르바이트를 하면서 번역 일을 늘려 보자.'

취업 에이전시에 등록된 정보를 삭제하고 남편에게 취업 포기를 선언했다. 그런데 며칠 후, 프리랜서로 프로필을 변경하러 들어간 '링크드인'에서 내게 온 인터뷰 제안을 발견했다. 여행사 콜센터 상담원을 구한다는 내용이었다. 한 번도 고려해 보지 않았던 직업이었지만 다른 대안이 없었다. 그렇게 나는 겁 없이 상담원 생활을 시작했고, 더 이상 대단히 유감스럽다'는 이메일을 받지 않아도 됐다.

콜센터에 입사하자 '대단히 유감이지만'이라는 문구를 습관처럼 쓰는 쪽은 오히려 나였다. 취업처럼 삶을 좌지우지하는 대단한 안건은 아니었다. 객실 층수를 미리 지정할 수 있는지 물어보는 고객에게 "대단히 유감이지만, 호텔에 문의하니 사전 지정은 어렵다고 합니다."라고 안내하거나, 환불 불가 상품을 무료로 취소해 달라는 고객에게 "대단히 유감이지만, 예약 시 동의하신 규정에 따라 환불은 어렵습니다."라고 대답하는 식이었다. 아무리 사소한 요구 사항이라도 누군가의 바람을 꺾는 말임은 부정할 수 없다. 서른 살에 겪은 쓰라린 구직 활동의 잔상 탓이었는지, '대단히 유감이지만'이라는 표현은 쓸 때마다 방지 턱처럼 내 마음을 덜컹이게 했다. 그리고 그 말을 들을 이가 너무 크게 실망하지 않기를 속으로 바랐다.

어쩌면 콜센터는 내 운명

잘 부탁드립니다

よろしくお願いします

늘 운명처럼 다가오는 직업을 꿈꿨다. 엄마 손을 잡고 관람한 연극에 매료돼 무대에 서는 배우가 된다거나, 최악의 순간을 위로해 준 요리를 잊지 못해 셰프로 진로를 정한다거나, 우연히 본 범죄 영화에 영감을 받아 프로파일러를 목표로 삼는다거나 하는, 직업인 인터뷰에 나올 법한 스토리를 동경했다. 운명의 상대를 만난 동화 속 주인공처럼 '나는 이 일을 하기 위해 태어났구나.'라는 확신이 들면서 머릿속에 종이 울리고 심장이 뛰는 특별한 계기가 나타나기를 기대했다.

하지만 아쉽게도 그런 일은 벌어지지 않았고, 소명을 기다리던 아이는 자라서 평범한 회사원이 됐다. 그것도 퇴사를 밥 먹듯이 하는. 변명하자면 새로운 직장에 들어갈 때마다 운명까지는 아니어도 '어쩌면 지금까지의 경험이 일에 도움이 되겠다.' 정도의 연관성은 느꼈다. 스스로도 납득되지 않는 일에 지원한다면 어떻게 면접관을 설득할 수 있겠는가. 콜센터에 지원할 때도 마찬가지였다. 사람들은 "어쩌다가 콜센터에 들어갔어요?"라고 물었지만, 지원서를 넣을 때의 내 심정은 '어쩌면 콜센터야말로 내게 딱 맞을지도 모른다.'였다.

연이은 불합격 소식에 자존감이 바닥에 떨어져 있었기에 나를 원하는 회사가 있다는 사실만으로도 감격스러웠다. 콜센터는 사무실을 연 지 몇 년 지나지 않은 여행사 소속으로, 해외 파트너사와 영어로 의사소통이 가능한 상담원을 찾고 있었다. 고객의 90퍼센트 이상은 일본인이지만, 여행지에 따라서는 영어나 한국어를 사용할 기회도 있다고 했다. 콜센터로서는 드물게 정규직이며 성적에 따라 연봉 인상과 인센티브도 주어진다는 달콤한 조건도 덧붙였다.

업무 설명을 듣는 순간 일본에서 대학원을 다니는 내내 했던 전화 통역 아르바이트가 떠올랐다. 외국인 관광객이 일본 백화점이나 호텔, 병원 등에서 의사소통에 어려움을 겪고 있을 때, 일본인 직원에게 용건을 통역해 주는 일이었다. 그 일을 1년 넘게 한 덕분에 일본어 전화 표현에 제법 익숙했고, 고객의 불만을 전달한 경험도 적지 않았다. 물론 고객의 말만 옮기는 일과 직접 해결하는 일은 차원이 다르겠지만, 콜센터에도 매뉴얼이나 스크립트가 마련되어 있을 테니 그대로만 따르면 되지 않을까 싶었다. 어떻게 보면 일본어 회화를 연습하면서 돈까지 벌 수 있는 절호의 기회 아닌가.

　결심을 굳힌 나는 이력서를 제출하고 면접 일정을 잡았다. 나를 먼저 불러 준 유일한 회사인 만큼 준비에 만전을 기했다. 콜센터와 관련된 영상을 찾아 비즈니스 일본어 표현을 복습하고, 면접 후기를 바탕으로 예상 문제에 대한 답안을 작성했다. 면접관이 고객 역할을 하면서 지원자의 상담 능력을 보는 '롤플레잉'도 가상의 시나리오를 써 가며 철저히 연습했다.

　이윽고 밝은 운명의 날. 지나치게 서두른 나머지 면접한 시간 전에 사무실이 위치한 건물에 도착했다. 1층 카페에 자리를 잡고 면접에서 하고 싶은 말을 마지막으로 정리했다. 평소에는 아메리카노를 즐겨 마시지만 이날만큼은 핫초콜릿을 골랐다. 한 컵 가득 담긴 달콤함이 면접장에서 활력을 끌어내 주기를 기대하면서.

　약속한 시간이 다가와 사무실 문을 두드리자 채용 담당자가 밝은 미소로 맞아 주었다. 안내해 준 회의실은 일대일 면접장이라고 하기엔 지나치게 넓었다. 그는 "여기가 특히 전망이 좋아요."라며 블라인드를 걷어 주었는데, 눈부신 햇살만 쏟아져 다시 멋쩍게 블라인드를 내려야 했다. 그사이 안경을 쓴 과묵한 인상의 면접관이 들어왔다. 외우다시피 한

자기소개를 읊고, 외국어 능력을 살려 여행객을 돕고 싶다는 나름의 포부도 밝혔다. 준비한 롤플레잉은 나오지 않았고, 면접관은 알 수 없는 표정으로 고개만 끄덕였다. 30분쯤 지났을까. 그가 처음으로 입꼬리를 올리며 이렇게 말했다.

"마음에 드는 이력서예요. 다양한 경험을 한 사람일수록 고객을 다각도에서 이해할 수 있거든요. 우리 회사에 들어오셔서 어떻게 성장해 나갈지 기대가 되네요."

다른 회사에서는 감점 요인이었던 화려한 전직 이력을 오히려 칭찬하다니. 가슴이 뭉클해진 나는 "잘 부탁드립니다."라는 인사를 힘차게 남기고는 면접장을 빠져나왔다. 결과는 며칠 뒤에 나온다고 했지만, 어쩐 일인지 집에 돌아오는 전철 안에서 휴대폰 진동이 울렸다. 낯선 역에 급하게 내려서 전화를 받았다. 타고 있던 전철이 굉음을 내며 지나가자, 몇 시간 전 만난 채용 담당자의 목소리가 또렷이 들려왔다.

"축하드려요! 합격하셨습니다. 입사일은 2020년 1월이고, 자세한 계약 조건은 이메일로 보내 드렸어요. 저희와 함께해 주시겠어요?"

나는 계약서를 읽어 보지도 않은 채, 들뜬 목소리로 화답했다.

"그럼요! 감사합니다. 앞으로 정말 잘 부탁드립니다!"

그동안 치른 면접이 주마등처럼 지나갔다. 면접관들의

표정과 어투에서 나를 탐탁지 않아 하는 기색을 감지해도 비굴하게 웃으며 머리를 조아리던 순간들이 얼마나 많았던가. 지금까지의 '잘 부탁드립니다.'가 합격시켜 달라는 절박한 애원이었다면, 이번에는 같은 회사 직원으로서 당당하게 내뱉는 첫인사였다. 인터뷰 초대에 응한 지 꼭 6일 만에, 반년에 가까웠던 구직 생활이 막을 내렸다.

나중에 알았지만, 당시 회사는 급성장 중이었고 일본어와 영어 능력을 겸비한 상담원을 구하는 데 꽤 애를 먹고 있었다. 지원자가 워낙 귀했기에 일본인이든 외국인이든 두 언어를 어느 정도 구사한다면 일단 채용하고 보는 분위기였다고 한다. 압박 질문 하나 없이 일사천리로 진행된 면접에는 그럴 만한 이유가 있었던 것이다.

다소 순진한 생각으로 들어간 콜센터였지만, 당시의 나로서는 눈앞에 놓인 최선의 선택이었다. 운명이 별건가. 구직 활동을 하며 사용한 수십 개의 사이트 중 하필 링크드인에 접속하지 않았다면, 접속한 날짜가 조금이라도 빠르거나 늦었다면, 면접 제안을 놓쳤을지도 모른다. 또 대학원에 다니며 전화 통역 아르바이트에 도전하지 않았다면 일본 콜센터에 지원할 엄두를 내지 못했을 것이다. 척박한 취업 시장에 좁아진 내 시야가 단 하나의 길을 발견했고 과거의 경험이 그 길과 맞닿아 있었으니, 이게 운명이 아니면 무엇이란

말인가. 그렇게 나는 결의에 찬 태도로 콜센터에 내 미래를
맡겼다.

다시는 하고 싶지 않은 말

> **폐를 끼쳤습니다**
> ご迷惑をおかけしました

콜센터 업무는 누구나 할 수 있는 일로 치부되기 쉽지만, 의외로 잘 해내기는 굉장히 어려운 일이다. 전화 상담은 절대적 공감을 요구하는 고객과 이익 창출이 목적인 회사 사이에서 합의점을 도출해야 하는 까다로운 협상이다. 게다가 표정이나 몸짓과 같은 비언어적 소통을 배제한 채 오직 목소리로만 승부해야 하니, 상당한 커뮤니케이션 능력도 요구된다. 손윗사람을 대하는 상냥하고 정중한 표현을 자유자재로 사용할 수 있어야 하고, 소리의 미묘한 높낮이와 강도를 조절해 가며 감정을 싣는 센스도 필요하다. 매뉴얼에 없는 문의에 당황하지 않는 순발력도 필수다. 여기에 모든 업무를 컴퓨터 프로그램으로 처리하는 만큼 기본적인 IT 소양도 요구된다. 여행사처럼 전산으로 요금을 계산하거나 전화상으로 결제까지 진행한다면, 숫자 감각도 빼놓을 수 없다.

나도 직접 경험하고 나서야 깨달은 사실이다. 콜센터

교육이라고 하면 고객과의 의사소통 스킬이나 전화 매너 따위를 배우는 줄 알았다. 그런데 한 달간의 커리큘럼은 매뉴얼과 예약 관리 프로그램 숙지가 전부였다. 자주 들어오는 문의에 대해서는 상담원의 대본 역할을 하는 스크립트와 주요 정보만 바꿔 넣으면 되는 이메일 템플릿을 제공했지만, 시나리오 밖 상황에서는 오로지 개인의 역량에 의지하는 구조였다.

　교육 기간에는 생소한 매뉴얼과 프로그램을 익히는 것만으로도 벅차 과연 고객과 잘 이야기할 수 있을지 걱정할 여유조차 없었다. 강의 내내 전문용어가 섞인 일본어가 빠른 속도로 쏟아졌다. 일본어가 모국어가 아닌 나는 한마디라도 놓칠세라 집중하는 수밖에 없었다. 업무를 시작하고 나서, 한 일본인 동기는 모국어로도 어려운 강의를 한국 사람이 계속 고개를 끄덕이며 듣는 모습이 대단해 보였다며 나를 추켜세웠다. 절박해서 집중한 모습이 동료들의 눈에 띄었나 보다. 나는 습관적인 고갯짓이었을 뿐 알아들은 내용은 거의 없었다고 곧바로 털어놓았지만 말이다.

　한 달이라는 교육 기간은 콜센터 업계에서 결코 짧은 편이 아니다. 그렇지만 어떤 문의가 와도 매끄럽게 해결하기에는 턱없이 부족했다. 모든 직업이 그렇겠지만, 상담원도 실전을 통해 만들어진다. 더 정확히 말하자면, 실수와 실패를 통해. 교육에는 돈이 든다. 성적이 일정 수준에 도달하지 않으면 졸업을 시켜 주지 않는 학교와 달리, 회사는 가능한 한 빨리 인력을 활용하고 싶어 한다. 교육이 끝나던 날, 나를 포함한 동기들은 모두 "정말 우리가 내일부터 전화를 받아도 될까?"라며 불안감에 떨었다. 회사는 나는 법을 가르치려 새끼를 절벽으로 떨어뜨린다는 어미 독수리 같았다. 그 이야기의 진위 여부는 알 수 없지만, 준비되지 않은 채 둥지 밖으로 내쳐지는 교육생의 처지는 피할 수 없었다.

신입 상담원 시절의 서툰 대응은 지금 떠올려도 얼굴이 화끈해진다. 운 나쁘게 당시 내게 연결돼 인내심의 한계를 느꼈을 고객에게도 미안하기만 하다. 전용 프로그램으로 예약을 찾거나 변경하는 법이 손에 익지 않아 선배들이 5분이면 끝낼 문의를 몇십 분 동안 끙끙대기 일쑤였다. 더군다나 매뉴얼에 없는 돌발 상황은 어찌나 많은지, 그때마다 고객에게 "확인을 위해 잠시만 기다려 주시겠습니까?"라고 말하고 매니저에게 실시간으로 조언을 구해야 했다. 아무리 침착하게 처리하려고 노력해도, 내가 응대한 문의를 나중에 다시 확인하면 꼭 하나씩은 오점이 있었다. 이메일에 중요한 첨부 파일을 빠뜨려 재발송했다거나, 미처 발견하지 못한 오타나 비문이 그대로 쓰였다거나, 아예 매뉴얼을 잘못 이해했다거나. 일본어의 복잡한 존경어와 겸양어를 쓰다 허가 꼬이는 우스꽝스러운 순간은 비일비재했고, 무심코 반말이 튀어나온 적도 있었다. 하지만 이런 일은 제대로 된 실수 축에도 끼지 못한다.

상담원의 등골이 서늘해지는 가장 무서운 순간은 메일이나 사과의 말로 돌이킬 수 없는 실수를 저질렀을 때다. 통과의례 같았던 그 첫 경험은 전화를 받은 지 한 달 만에 발생했다. 쉴 틈 없이 전화가 밀려드는 바쁜 날이었다. 전화의 발신자는 20만 원 상당의 숙소를 예약한 중년 여성 고객으로, 이미 투숙을 마친 상태였다. 싱글 사이즈 침대 두 개가 비치된 '트윈 룸'을 예약했으나 더블 사이즈 한 대만 준비된 '더블 룸'에서 묵었다며, 당연하다는 듯 전액 환불을 요구했다.

"아들 시험 때문에 예약한 건데, 고등학생 아들 녀석이랑 한 침대에서 자느라 얼마나 불편했는지 알아요?"

예약은 분명히 트윈 룸이었다. 부부 사이에도 침대를 따로 쓴다는 일본에서 장성한 아들과 한 이불을 덮고 잤으니 얼마나 어색했을까. 정중히 사과한 뒤, 절차에 따라 호텔 담당자에게 연락해 사실 관계를 확인했다. 그런데 예약을 확인한 호텔 직원이 의아하다는 듯 말했다.

"프런트 직원 실수로 처음에 방을 잘못 배정해 드리긴 했는데요. 고객님께서 이미 짐을 푼 상태라 객실 변경을 사양하셔서, 사과드리고 무료 식사권도 드렸어요. 체크아

웃 하실 때 아무 말씀 없으셨는데, 잘 마무리된 게 아닌가
요?"

식사권만 받고 끝낸 게 뒤늦게 꺼림하게 느껴진 걸까,
아니면 여행사에서 예약을 했으니 호텔에서는 잠자코 있었
던 걸까. 햇병아리에 불과했던 나는 "이런 경우에도 보상이
가능한가요?"라고 매니저에게 물어보았다. "예약상에는 문
제가 없었고 호텔 프런트 담당 실수니 호텔이 책임질 일이
에요."라는 답변이 돌아왔다. 호텔 측에서는 직원 과실은 인
정하나, 고객이 객실 변경을 거절했고 보상도 받았으니 환
불은 곤란하다는 입장이었다. 고객에게 상황을 설명하자 그
는 한 풀 꺾인 기세로 이렇게 말했다.

"어쩔 수 없네요. 그럼 일부 환불이라도 알아봐 줘요."

전화를 끊고 한 번 더 호텔에 연락하려는 찰나, 매니저
로부터 대기 중인 콜이 많으니 다른 전화 한 통만 더 받고
마무리하라는 지시가 내려왔다. 뒤이은 문의는 무난한 취소
요청이었다. 그것도 무료 환불 기한이 한참 남아 있었기에
취소와 환불 버튼을 누르기만 하면 10초 만에 해결될 일이
었다. 바로 직전에 열어 둔 예약 페이지와 헷갈리지만 않았
다면 말이다. 예약 창을 둘 다 열어 둔 게 화근이었다. 그러
니까 나는 전액 환불이 어렵다고 거절한 모자 투숙객의 예
약을, 그것도 이미 숙박도 완료한 예약을, 무료로 취소해 버

린 것이었다.

실수를 자각하자마자 머릿속이 하얘지고 식은땀이 났다. 여행 예약을 잘못 취소한 고객이 요구하는 '취소의 취소 버튼'이 간절해지는 순간이었다. 두 번째 통화가 연결 중이었기에, 우선 의뢰받은 용건을 서둘러 마무리한 뒤 매니저에게 SOS를 보냈다.

"정말 죄송합니다. 예약을 헷갈려서 취소하면 안 되는 예약을 무료로 취소해 버렸어요. 어떡하죠?"

그러자 매니저는 건조한 말투로 이렇게 물었다.

"고객님께서 요금 재청구에 동의하실 분 같나요?"

나는 그의 기세등등하던 목소리를 떠올리며 고개를 저었다. 잘못 환급한 20만 원을 차라리 내 월급에서 제하고 싶은 심정이었다. 어떤 신랄한 호통이 떨어져도 할 말이 없는 상황이었다. 그런데 매니저는 도대체 왜 그랬냐라거나 제대로 좀 확인하지 그랬냐 같은 가벼운 꾸지람조차 없이 가볍게 상황을 정리했다.

"상담원 실수 명목으로 회사에서 부담하는 걸로 하죠. 경고는 갈 거예요. 시스템에서 처리하는 방법은 이따 알려 줄게요."

그리고 풀 죽은 후배를 다독이듯이 이런 농담도 덧붙였다.

"그래도 환불받은 고객은 고마워할 거예요."

예상을 한참 벗어난 매니저의 반응에 어안이 벙벙했다. 정신을 차리자마자 사죄의 말이 저절로 튀어나왔다.

"폐를 끼쳐서 죄송합니다. 다시는 이런 일 없도록 할게요."

불행히도 나는 그 후에도 종종 바보 같은 실수를 저지르며 매니저를 귀찮게 했다. 그래도 이 사건을 계기로 상품을 취소하기 전에는 여러 번 확인하는 습관을 들인 덕분에 예약을 헷갈리는 일은 없었다.

시간이 흐른 뒤, 매니저에게 그때 왜 나를 꾸짖지 않았는지 슬쩍 물어본 적이 있다.

"저도 초보 시절에 실수가 잦았어요. 누구보다 본인이 자책하고 있을 걸 아는데, 굳이 한 소리 더할 필요가 있나요."

콜센터에서 만난 모든 이들이 이처럼 따뜻하지는 않았지만, 그 답에서 큰 위안을 얻었다. 안 그래도 고객으로부터 매일같이 상처를 받는데 내부에서조차 감싸 주는 이 하나 없다면 어떻게 이 일을 지속할 수 있을까. 누구에게나 처음은 있는 법이고, 기계가 아닌 사람이기에 실수는 불가피하다. 동병상련에서 오는 진한 동료애와 사려 깊은 리더십을 나는 콜센터에서 처음으로 체감했다. 비록 누군가를 도울 위치에

오르기 전에 회사를 떠나고 말았지만, 그날 매니저가 내게
건넨 선순환의 고리만큼은 어디서든 이어 가고 싶다.

새롭게 발견한 사과의 이유

> **사과드립니다**
> お詫び申し上げます

표준국어대사전에 나오는 사과의 정의는 '자기의 잘못을 인정하고 용서를 빎'이다. 인정과 용서라는 두 가지 뜻을 내포한 '사과하다'라는 말은, 교묘하게 책임을 회피하는 '유감이다' 혹은 '송구스럽다'라는 말과 차원이 다르다. 또 상대에게 부끄럽고 마음이 편치 못하다는 표현인 '미안하다'보다도 훨씬 확고하다. 학교와 가정에서도 잘못했으면 사과하라고 가르친다. 하지만 모두 경험해 봐서 알듯이, 스스로의 과오를 직면하고 상대에게 용서를 구하기란 여간 어려운 일이 아니다.

특히 자존심만 강했던 유년기의 나는 사과에 참 서툴렀다. 한 달 넘게 방학 숙제를 미뤄 온 걸 부모님께 들켰을 때나 연년생인 오빠와 싸우다 홧김에 심한 욕을 했을 때, 섬세하지 못한 말로 반 친구에게 상처를 주었을 때도 사과를 제대로 하지 못했다. 타인의 심정을 헤아릴 만큼 성숙하지 못한 데다 지는 듯한 기분이 싫었기 때문에 고개를 뻣뻣이 쳐들고 버티기 일쑤였다. 나이가 들어도 이 못난 성격은 크게 바뀌지 않았다. 직장 동료와 친구, 그리고 연인과의 관계에서도 잘못을 저지를 때마다 변명하기 급급했다. 다 헤아릴 수는 없지만, 지금껏 살아오며 괜한 고집 탓에 매듭짓지 못한 실수와 떠나보낸 인연이 숱하게 많을 것이다.

그런데 우습게도 콜센터에 들어온 뒤로 나는 돈을 벌기 위해 숨 쉬듯 용서를 비는 인간이 되었다. 고객이 각양각색의 사연을 들고 마치 맡긴 물건을 찾는 양 사과를 요구해 왔기 때문이다. 상품이나 서비스에 하자가 있었다면 고개를 숙여야 마땅하다. 하지만 고객의 착오에서 비롯된 문제이거나 전혀 미안할 만한 일이 아닐 때도, 나는 언제부터인가 앵무새처럼 죄송하다는 말을 반복하고 있었다. 심지어 목소리로 죄스러운 감정을 연기하는 능력까지 생겼다. 처음부터 그랬던 것은 아니다. 잘못을 저지르고도 도망가기 바빴던 내가 죄송하지 않은 일에 사과하기가 어디 쉬웠을까.

게다가 많은 고객이 단순히 미안하다는 말에 만족하지 않고 확실한 사죄를 요구했다. 그들이 듣고 싶어 했던 일본어 문장은 '사과드립니다.'라는 뜻을 가진 '오와비모우시아게마스(お詫び申し上げます).'였다. 흔히 알려진 '스미마셍(すみません).'이나 '고멘나사이(ごめんなさい).'와는 달리 일상

생활에서는 거의 쓰지 않는 묵직한 표현이다. 이 말을 할 때 내 머릿속에서는 허리를 반쯤 꺾거나 석고대죄를 하는 죄인의 형상이 그려진다. 신입 시절에는 억지를 부리는 고객에게 섣불리 사과하면 자존심이 상할뿐더러 더 기고만장하게 보상을 요구할까 우려스러웠다. 하지만 얼마 지나지 않아 콜센터 상담원이라면 때로는 없는 잘못도 만들어 적당히 사과할 줄 알아야 함을 깨닫게 됐다.

가르침을 준 통화의 주인공은 시작부터 걸걸한 목소리로 반말을 내뱉던 여행객이었다. 불만의 원인은 요금 변동이었다.

"여행에 갔다 오자마자 패키지 가격이 엄청 내려갔어. 이거 사기 아니야?"

애초에 숙박료와 항공료는 시즌이나 날짜에 따라 천차만별이다. 고객은 연휴 끝 무렵, 그것도 주말에 여행을 다녀왔으니 다음 날부터 요금이 내려가는 것은 당연했다. 만약 체크인하기 전 예약한 날짜의 패키지 요금이 떨어졌다면 기존 예약을 취소한 후 바뀐 요금으로 대체할 수 있다. 하지만 날짜가 지난 뒤의 비수기 요금을 성수기 예약에 소급 적용할 수는 없는 법이다. 나는 차분하게 설명을 시작했다.

"같은 여행 상품이라 해도 시즌에 따라 요금이 올라가

기도 하고 내려가기도 합니다. 고객님께서 이용하신 날짜는 수요가 집중된 연휴여서 지금보다 높게 책정되었고요. 예약하신 날과 다른 날짜의 요금에 맞춰서 환급해 드릴 수는 없습니다."

하지만 이 정도 설명에 순순히 굴복할 고객이었다면 애초에 전화를 하지도 않았을 터. 고객은 아랑곳하지 않고 돈을 돌려내라는 말만 반복했고, 나는 수요와 공급에 민감한 여행업계의 요금 제도를 더 자세히 설명하기 바빴다. 왜 당연한 사실을 이해하지 못하는지 내심 답답해하기도 했다. 그렇게 각자 이야기만 하다, 의도치 않게 고객의 말을 끊어버린 모양이다. 0.1초 만에 "내 말 끊지 말라고!"라는 불호령이 떨어졌다. 그동안 수없이 내 말을 자른 전적은 쏙 빼놓은 채 내지르는 고함에 말문이 막혔다. 괜한 오기가 생겨 일부러 고객의 말이 끝난 뒤에도 침묵을 지키다 고객이 "대답 좀 하지?"라고 채근한 뒤에야 입을 떼기도 했다. 부질없는 기 싸움이 얼마쯤 이어졌을까. 결국 그는 고객을 가르치려드는 상담원은 필요 없다며 매니저를 호출하기에 이르렀다.

콜센터에는 신입 상담원이 해결하기 어려운 문의가 들어오거나 고객이 상담원 변경을 요구할 때 경험 많은 동료나 매니저에게 전화를 넘기는 에스컬레이션(escalation) 제도가 있다. 경험이 많은 이에게 도움을 받는 일이지만 한편으로는 내가 책임져야 할 문의를 다른 사람에게 떠넘기는 것이므로 가능한 지양하는 편이 좋다. 바쁜 동료나 매니저 입장에서도 에스컬레이션이 잦은 상담원이 달가울 리 없다.

매니저에게 상황을 보고할 때만 해도 나는 내 대응에 큰 문제가 없었다고 자신했다. 오히려 고객의 어이없는 태도와 사고방식을 고자질하는 심정이었다. 그런데 전화를 넘겨받기 직전 매니저가 내뱉은 작은 한숨을 듣고서 아차 싶었다. 그 소리는 내게 '이 정도 컴플레인도 혼자 해결하지 못해서 어쩌려고 그러나.'라는 걱정처럼 들렸다.

신입 시절에 에스컬레이션한 수많은 통화 중 하나로 지나갈 줄 알았던 상담을 다시 들여다보게 된 것은 매니저와의 일대일 면담 때였다.

"지금도 잘하고 있는데, 조금 더 부드럽게 대응하면 어떨까요?"

피드백과 함께 들려준 녹음 파일에는 퉁명스러운 내 목소리와 대조적인, 매니저의 유려한 대응이 담겨 있었다.

"소중한 연휴에 저희 상품을 이용해 주셔서 감사합니다. 내려간 가격을 보시고 속상하셨을 심경은 이해하지만, 저희도 호텔과 항공사 측에서 선정한 가격을 기준으로 책정하고 있습니다. 여행 후에 상품 가격이 높아졌다고 해서 추가로 청구할 수 없듯이, 낮아져도 보상해 드리기는 어렵습니다."

고객을 향한 감사와 공감을 잊지 않는 서비스 마인드와 설득력 있는 거절의 말에 감탄이 나왔다. 하지만 매니저의 다음 문장을 듣자 가슴이 돌덩이처럼 무거워졌다. 내 미흡한 대처로 화가 머리 꼭대기까지 난 고객을 달래는 일도 그의 몫이었기 때문이다.

"신입 상담원의 미흡한 대응으로 불쾌감을 드린 점, 제가 대신해 깊이 사과드립니다. 책임지고 교육하겠습니다."

내 몫이었던 사과를 전가한 일이 미안하고 부끄러워 견딜 수 없었다. 그런데 더 놀라운 것은 고객의 반응이었다. 내가 아무리 열심히 대답해도 자기 주장만 펼치던 고객이 그 말을 듣자마자 "내가 계속 지켜볼 거야."라는 으름장만 놓고 순순히 물러나는 게 아닌가.

상담원과 고객 사이에 잘잘못을 따지려는 태도가 얼마나 부질없는지, 그리고 마음에도 없는 사과가 왜 필요한지 그제야 알 수 있었다. 성수기가 지나자마자 하향된 요금은 내 탓이 아니지만, 그로 인해 고객의 기분이 상했다면 얼마든지 회사를 대신해 유감을 표시할 수 있다. 또 내 말을 끊는 고객을 열 번 참다 딱 한 번 실수했다 하더라도, 상대방이 말하는 도중에 끼어들었다는 사실만 보면 명백히 무례한 행동이다. 진작에 내가 죄송하다는 말로 고객을 달랬다면, 매니저에게 신세 지지 않고 조속히 매듭지을 수 있지 않았을까. 고객과 이해의 간극을 도무지 좁힐 수 없을 때, "사과드립니다."라는 한마디로 갈등의 불씨를 꺼뜨릴 수 있다. 무엇보다 최대한 신속하고 평화롭게 통화를 마무리 짓는 편이 상담원에게도 좋다. 완벽한 논리로 고객을 압도한다면 잠깐은 속이 시원할지 모른다. 하지만 불필요한 말싸움을 벌이는 사이 통화 시간이 길어질뿐더러, 만족도 조사에서도 좋은 평가를 받을 수 없다. 내 성적과 마음의 안정을 위해서라고 생각하면 "사과드립니다."라는 말을 아낄 이유가 없었다.

그 후로는 고객이 받아들이기 힘든 주장을 펼치더라도 '이 사람으로서는 이렇게 판단할 수도 있겠다.'라는 태도로 경청하고 공감하려 애썼다. 그러다 고객의 기분이 누그러졌다 싶을 때 불쾌감을 드린 점에 대해 진지하게 사과하고 더 만족스러운 서비스를 위해 노력하겠다고 약속했다. 진심에서 우러나오지 않는 사과를 거리낌 없이 하기까지는 꽤 오랜 시간이 필요했지만, 한 번 익숙해지고 나니 든든한 무기가 됐다. 웬만한 불만은 그 자리에서 해소했고, 에스컬레이션 빈도도 눈에 띄게 줄었다.

상담원다운 상담원이 되어 갈수록 천둥벌거숭이처럼 멋모르고 날뛰던 내 감성은 점차 무뎌졌다. 하지만 끝까지나 자신을 위해 지켜 낸 사소한 원칙이 하나 있었다. 아무리 따져 봐도 내가 잘못한 일이 아니라면, "사과드립니다."라는 문장 앞에 '진심으로'라는 수식어만큼은 결코 쓰지 않는 것. '거듭해서' 혹은 '깊이' 사과할 수는 있어도, 마음에서 우러난다는 거짓말만큼은 하지 않겠다는 결심이 나의 마지막 자존심이자 소심한 복수였다.

콜센터 KPI의 모순

다른 궁금한 점은 없으십니까

他にご不明な点はございませんか

질이냐 양이냐. 일상에서 자주 직면하는 양자택일의 상황에서 나는 대개 질을 택한다. 사람을 넓게 사귀기보다는 내 밑바닥까지 내보일 수 있는 소수의 깊이 있는 관계에 만족하고, 식당을 고를 때도 뷔페보다 양과 가짓수는 적어도 정성스레 차려진 한 상을 선호한다. 여행에 임하는 자세도 마찬가지다. 같은 시간과 돈이 있다면, 다양한 도시를 훑기보다 오랫동안 마음속에 품어 온 한 동네에서 여유롭게 머무르고 싶다.

이런 성향은 학창 시절에 형성되었을 가능성이 크다. 그 시절 학교나 학원 선생님들은 하나같이 책상 앞에 오래 앉아 있는 게 능사가 아니라며, 공부한 시간보다 집중력을 강조했다. 다양한 분야를 기웃거리기보다는 한 우물을 깊게 파 전문가가 되는 길이 내가 자라 온 시대를 관통한 성공 모델이기도 했다.

콜센터에 들어오기 전 경험한 회사 생활에서도 양보다는 질에 방점을 찍었다. 학교에 성적표가 있다면 회사에는 핵심성과지표, KPI(Key Performance Index)가 있다. 핵심 업무 위주로 성과를 평가하고, 시험 점수처럼 정량적으로 평가하기 어려운 업무의 경우 윗사람이 최종 등급을 정한 뒤 그 근거가 되는 상세 내용은 형식적으로 입력하는 경우가 많았다. 그래서 주어진 모든 일을 미련할 만큼 열심히 하거나 늦은 시간까지 자리만 지키기보다는, 인사 평가에 영향을 미칠 만한 중요한 프로젝트에 전력을 쏟아 윗사람에게 눈도장을 찍는 편이 훨씬 유리했다.

그에 반해 콜센터의 KPI는 무서울 만큼 투명하게 수치화됐다. 세부적인 지표는 업계마다, 콜센터마다 차이가 있겠지만 보통 양과 질이라는 두 개의 큰 축으로 구성된다. 전자는 매일 상담원이 해결한 문의 수와 통화당 소요 시간, 후자는 내부적으로 실시하는 통화 품질 검사와 고객으로부터 수집한 만족도 점수 등이다. 자동화된 시스템으로 이 데이터를 매일 수집하고 월별 평균을 낸다. 이렇게 산출된 점수에 따라 인센티브와 급여 인상에 차등을 두기도 한다.

상담원으로서 높은 KPI를 받으려면 어떻게 해야 할까. 먼저 통화 양은 스피드 싸움이다. 주어진 시간에 더 빨리, 더 많이 받는 상담원이 절대적으로 유리하다. 그런데 눈여겨볼 점은 KPI에 집계되는 문의 수가 단순히 상담원이 받은 전화 수가 아닌, 해결한 문의 수라는 점이다. 고객의 모든 요청이 첫 통화에 끝난다면 더할 나위 없다. 하지만 현지 입세나 다른 부서의 판단을 기다려야 하는 경우, 통화는 종료되어도 문의는 미해결 상태로 남는다. 또 전화를 끊고 얼마 지나지 않아 고객이 "아까 말 못한 게 있는데요."라며 다시 콜센터를 찾는다면, 그 전 통화는 상담원이 아무리 성심성의껏 응대했더라도 KPI에 반영되지 않을 가능성이 높다.

반면 통화의 질은 한 통의 전화, 한 명의 고객에게 집중한다. 품질 검사를 전담하는 부서가 매달 상담 녹취 몇 개를 듣고 점수표에 따라 평가한다. 오프닝 멘트를 빠뜨리지 않았는지, 통화 내내 고객의 말에 적절히 호응했는지, 절차상 오류는 없었는지 등을 꼼꼼히 확인해 점수를 매긴다. 녹취는 무작위로 선정되므로, 열의 아홉을 완벽하게 처리했어도 딱 한 번 실수한 통화가 품질 검사에 당첨된다면 그 달의 KPI가 큰 폭으로 하락하기도 한다. 업무 평가를 위한 이 검사에는 상담원이 긴장을 늦추지 않게 하려는 목적도 있을 것이다.

상담 후 고객에게 이메일이나 문자로 발송되는 만족도 조사도 통화 품질을 재단하는 중요한 지표다. 나는 고객의 점수가 상담 품질을 정확히 대변한다고는 생각하시 않는다.

평가 기준이 고객마다 천차만별이기도 하고, 만족도 조사에서 상담원의 역량이나 태도가 아닌 회사 전체에 대한 불만을 토로하는 경우도 많기 때문이다. 최저점을 준 고객의 답변을 읽다가 "상담원은 친절했지만 홈페이지가 보기 불편해요."라거나 "전화 상담은 만족스러웠지만 역시 가격이 비싸네요."와 같은 피드백을 종종 발견하곤 했다. 홈페이지 디자인이나 가격은 상담원이 어찌할 수 없는 부분이다. 고객과 웃으며 통화를 마무리한 후에도 낮은 점수를 받으면 온몸에 힘이 쭉 빠졌다.

콜센터에 입사한 직후, 나는 하던 대로 양보다 질에 집중하기로 결심했다. 전화를 무작정 많이 받으려다 보면 실수를 연발하기 쉽지만, 매 전화를 꼼꼼하게 응대하다 보면 자연스레 속도가 붙으리라는 계산이었다. 한마디 한마디에 신중을 기하고, 조금이라도 절차가 헷갈리면 매뉴얼을 두세 번씩 확인했다. 바로 거절해도 무방한 요구도 고객을 변호하는 심정으로 굳이 매니저에게 확인하거나 파트너사에 말이라도 한번 꺼내 봤다. 고객에게 이메일을 보낼 때도 뻔한 문구가 아닌 기억에 남을 만한 친절한 표현이 없을까 고심했다. 그 덕분에 고객으로부터 "상담원이랑 통화하고 나니 안심이 되네요."라거나 "상담원을 믿고 다음에 또 이용할게요."라는 말을 들었을 때의 뿌듯함은 이루 말할 수 없었다.

그런데 매 문의에 정성을 다한 첫 두세 달의 KPI는 처참하기만 했다. 해결한 문의 수는 평균을 한참 밑돌았고, 통화 시간은 다른 상담원의 두 배에 육박했다. 심지어 기대했던 품질 검사와 고객 만족도 조사에서도 이를 만회할 정도로 뛰어난 점수를 얻지 못했다. 실망스러웠지만 달리 무슨 방법이 있겠는가. 전략을 바꾸는 수밖에.

고객에게 덜 살갑더라도 신속한 문제 해결에 초점을 맞추기로 했다. 당일 취소에도 전액 환불을 요구하는 등 바로 거절할 수 있는 문의에 대해서는 매뉴얼대로만 답변하고, 매니저를 호출하는 일도 줄였다. 이메일도 회사에서 제공하는 기본 템플릿을 그대로 붙여 넣었다.

KPI를 높이려 고군분투하는 내 모습이 안쓰러웠는지, 매니저가 에이스라고 불리는 한 선배의 녹취 파일을 참고용으로 보내 준 적이 있다. 원어민의 매끄러운 문장력과 완벽한 억양은 흉내 내기 어려웠지만, 따라할 수 있는 한 가지를 발견했다. 바로 마무리 멘트. 그 선배는 본론이 끝난 다음 "다른 궁금한 점은 없으십니까?"라는 질문을 빼놓지 않았다. 그리고 고객이 전화를 끊기 전에 "서비스 개선을 위해 만족도 조사에 참여해 주시면 감사드리겠습니다."라는 말도 재빨리 덧붙였다. 신입 교육에서 배운 내용이기는 하지만, 생략해도 품질 검사에서 감점되지 않아 곤이곤대로 따르는 상담원은 드물었다.

속는 셈치고 곧장 업무에 적용해 보았다. 추가 문의 사항이 없는지 물어보면 "까먹을 뻔했네요."라며 새로운 용건을 꺼내는 고객이 제법 있었다. 이 질문을 던지지 않고 전화를 끊은 뒤 고객이 곧바로 재다이얼을 눌렀다면, 해결한 문의 수가 하나 줄어들 수도 있었다. 단순히 고객을 배려해서 물어보는 "다른 궁금한 점은 없으십니까?"라는 질문이 상담원에게도 유용한 멘트였던 것이다. 만족도 조사에 참여해 달라는 부탁은 마치 고객에게 높은 점수를 강요하는 듯 느껴져 처음에는 거북했지만, 놀랍게도 그 달부터 응답률과 평균 만족도 점수가 큰 폭으로 올랐다. 생각해 보면 상담에 만족한 고객보다는 불만족한 고객이 자발적으로 설문에 응할 가능성이 높다. 그러니 스스로 잘 처리했다고 여겨지는 통화에서 적극적으로 참여를 유도해야 점수가 높아지는 것이다.

이러한 노력이 통했는지 첫 석 달이 지난 후부터는 줄곧 평균 이상의 KPI를 유지했다. '고객을 감동시키되 전화는 최대한 빨리 끊어라.'라는 콜센터의 요구는, 디자인업계에 떠도는 '화려하지만 심플하게'라는 주문만큼이나 황당하고 비현실적으로 들리기도 한다. 그래서 어쩔 수 없이 '고객 감동'과 '최대한 빨리' 둘 중 하나를 택한다. 보통 콜센터 KPI에 반영되는 비중은 통화의 질보다는 양이 높으므로, 어쩔 수 없이 상담원은 통화 시간에 민감해진다.

고객은 상담원에게 진실된 공감과 정성 어린 응대, 그리고 '솔' 음의 밝은 목소리를 기대하고 전화를 걸지도 모른다. 하지만 매일 수십 통의 전화를 쫓기듯 처리하며 상냥함을 유지하기란 쉽지 않다. 그러니 어렵게 연결된 상담원의 말이 조금 빠르고 기대만큼 친절하지 않더라도 넓은 아량으로 눈감아 주면 어떨까.

콜센터
상담원의
무

시프트 근무의 기쁨과 슬픔

좋은 아침입니다

おはようございます

시계가 없는 세상의 사람들은
약속을 할 때 이렇게 하지
내일 아침 해가 저기 저 언덕 위에 걸쳐지면
그때 만나자

가수 안녕하신가영이 부른 「10분이 늦어 이별하는 세상」의 노랫말처럼, 자동식 시계가 없던 시절의 약속은 지금보다 더 낭만적이었을 것 같다. 해가 뜬 낮에는 태양이 드리운 그림자를 보고 달이 뜬 밤에는 별자리의 움직임을 보고 시간을 가늠했다고 하니, 하늘이 곧 시계였던 셈이다. 모르긴 몰라도 지금처럼 1분 1초에 얽매이는 일은 없었을 테다.

며칠만 방심하면 금세 낮과 밤이 바뀌는 나는 영락없는 야행성이다. 그러다 보니 아침형 인간에게 유리한 사회에 맞추는 일이 늘 고역이었다. 시간표대로 살아야 했던 학창 시절에는 탁상시계와 함께, 직장인이 되고 나서는 매일 수십 개의 휴대폰 알람과 함께 하루를 시작했다. 콜센터에 들어오기 전 다닌 회사는 '나인 투 식스(9 to 6)' 근무였다. 저녁 6시를 훌쩍 넘겨도 떠나는 사람이 없기는 했지만, 그래서 5분 정도의 지각은 눈감아 주는 분위기였다.

시프트 근무가 일반적인 콜센터에서 시간은 훨씬 철두철미하게 통제된다. 사무실에 들어온 시간이 아니라 컴퓨터를 켜고 업무용 프로그램에 로그인한 시간이 초 단위로 기록된다. 오전 9시 출근이라면, 늦어도 8시 59분 59초에는 통화 가능 상태여야 한다. 점심 시간 1시간과 화장실 가는 시간을 포함한 휴게 시간 30분, 그리고 퇴근 시간 역시 면밀히 관리된다. 상담원의 근무 현황은 매니저가 실시간으로 확인할 수 있다. 그래서 정해진 쉬는 시간을 약간이라도 초과하거나 전화를 받아야 하는 시간에 '통화 중'이나 '통화 대기 중'이 아니라면 주의를 받는다. 이런 일이 반복되면 인센티브를 결정하는 인사 평가에도 부정적인 영향을 미친다. 화장실까지 정해진 시간에 가야 하니 방광염이나 변비가 생겨도 전혀 이상하지 않다. 건조한 사무실에서 하루 종일 말을 하는 일이지만 물조차 실컷 마실 수 없다. 정해진 시간 외에 화장실을 갈 때는 수업 시간에 손을 들고 허락을 구하는 초등학생처럼 매니저에게 따로 허락을 구해야 하니 차라리 참고 말자는 심정이 된다. 생리 중에 생리대를 교체하러 화장실에 자주 갈 수 없는 점도 큰 고역이었다.

그런데 일하는 시간은 이토록 엄격히 사수하면서 퇴근 시간에 느슨해지는 것은 근무 형태를 불문한 모든 회사의 공통점인가 보다. 퇴근 시간 1초 전에라도 컴퓨터를 끄면 스케줄 위반이지만, 긴 통화에 퇴근이 지연되어도 중간에 전화를 끊거나 다른 상담원에게 넘길 수는 없었다. 야근 수당도 주어지지 않았다. 즉 업무 종료 직전에 복잡한 문의가 들어오면 꼼짝없이 남아 무료 봉사를 해야 하는 셈이었다. 신입 시절에는 시간 관리에 실패해 스케줄대로 퇴근하는 날이 드물었다. 하지만 점차 퇴근 시간이 임박했다면 새로운 문의를 받기보다 일부러 천천히 응대하거나 문의 사항을 꼼꼼히 챙기면서 정각에 종료하는 요령이 생겼다. 퇴근 시간을 넘긴 후에도 통화가 이어졌을 때는 나도 모르게 말이 조금 빠르고 단호해지기도 했다.

평일 9시에 출근해 해가 어둑해지면 퇴근하고 빨간 날을 손꼽아 기다리는 생활이 당연했던 나는 처음 겪는 시프트 근무가 신기하기만 했다. 24시간 세계 어디에서 무슨 일이 벌어질지 모르는 게 여행이다. 내가 다닌 여행사 콜센터도 365일 언제라도 연결이 가능했다. 하지만 야간에 응대하는 인원은 따로 있어서 내가 소속된 팀 스케줄은 크게 정오를 기준으로 9시 전후에 출근하는 오전 조와 정오가 지나서 출근하는 오후 조로 나뉘었다.

아침잠이 많은 나는 오후 조에 배정될 때마다 속으로 쾌재를 불렀다. 출퇴근 만원 전철에 몸을 싣지 않아도 되고, 늘어지게 낮잠을 잔 후 여유롭게 산책을 즐기거나 브런치를 먹을 수 있었다. 관공서와 은행, 우체국에 볼일이 있을 때 반차를 쓸 필요가 없었고, 가고 싶은 맛집이나 카페가 생기면 평일 낮을 이용해 줄 서지 않고 입장하는 특혜도 톡톡히 누렸다.

하지만 남들이 일할 때 쉬는 기쁨은 남들이 쉴 때 일하는 슬픔으로 간단히 상쇄됐다. 매년 설레며 기다렸던 휴가철과 연말연시가 공포의 대상이었다. 여행이 급증하는 이 시기에는 아무리 급한 일이 생겨도 휴가를 내기 어려웠다. 기대감이 큰 만큼 사소한 문제에도 민감하게 반응하는 고객들이 있어 전화를 받는 동안 긴장도 놓을 수 없었다. 크리스마스라고 해서 상담원을 향한 분노가 선물처럼 비껴가는 기적 따위는 일어나지 않았다.

오후 시프트가 잘 맞는다 한들, 늘 원하는 시간대에 근무할 수도 없었다. 시프트 근무의 가장 큰 단점은 수시로 바

뛰는 불규칙한 스케줄이다. 특히 연달아 오후에 근무하다 오전 조에 배정될 때면 시차 적응이라도 하듯 며칠간 멍한 상태로 일해야 했다. 야간 근무까지 번갈아 소화하는 상담원에 비할 바는 아니지만, 생체리듬을 거의 한 달 단위로 바꾸다 보니 어쩔 수 없이 피로가 쌓이고 수면의 질이 떨어졌다.

더군다나 월별 스케줄은 겨우 한두 달 전에 발표되며, 회사 사정에 따라 더 지연되는 경우도 허다했다. 미리 연차를 신청하지 않는 이상 장기 여행 계획을 미리 세울 수 없다는 뜻이다. 자기계발을 위해 공부나 운동을 새롭게 시작하려 해도 24시간 이용 가능한 시설이 아니라면 선뜻 등록하기 어려웠다. 상담원끼리 근무 날짜를 교환하는 방법도 있기는 하지만, 필요할 때마다 매번 교환해 주는 동료를 찾는 일이 그리 녹록지는 않다.

콜센터에서 일하기 전까지, 나는 흔히 일본어 교재에 아침 인사로 나오는 '오하요우고자이마스(おはようございます).'가 '좋은 아침'과 같은 말인 줄 알았다. 오후 1시에 출근했을 때 동료로부터 '오하요우고자이마스.'라는 인사를 듣고 나서야, 그날 처음 만났다면 언제든지 건넬 수 있는 말임을 깨달았다. 하긴 시프트 근무를 하는 직업인의 생체 시계는 하루 중 언제라도 아침일 수 있지 않은가. 오늘도 별일 없이

지나가기 만을 기도하며 자신만의 아침을 열고 있을 모든 시프트 근무자에게 응원을 보낸다.

2장

코로나 시대의 말

오래 기다리셨습니다

大変お待たせしました

부득이하게

やむを得ず

괜찮습니다

大丈夫です

또 이용해 주세요

またのご利用をお待ちしております

죄송합니다

申し訳ございません

힘낼게요

頑張ります

코로나19가 불러온 여행사 환불 전쟁

오래 기다리셨습니다

大変お待たせしました

당신이 내게 내줄 수 있는 인내심은 몇 분일까. 착신음이 울리고 낯선 사람과 무작위로 연결될 때 문득 궁금해진다. 고객과 대화 중일 때 콜센터에서 허용한 침묵의 시간은 약 5초다. 그 이상 공백이 생기면 상담원은 품질 검사에서 점수를 잃는다. 습관적 "예, 예."와 복창이 느는 이유다. 문제를 해결하기 위해 고객과의 통화를 유지한 상태에서 숙박업소나 항공사에 연락할 때는 5분 정도가 적절하다. 2~3분이면 끝날 법한 전화라도 안전하게 "5분 정도 기다려 주시겠습니까?"라며 동의를 얻고, 다시 고객과의 통화로 돌아갈 때는 오래 기다리셨다며 호들갑을 떤다. 어쩌다 미리 고지한 시간을 조금이라도 초과하면 납작 엎드려 사과한다.

그렇다면 고객이 통화 버튼을 누른 후 상담원과 연결될 때까지 걸리는 시간은 어떨까. 지긋지긋하게 반복되는 자동 안내와 뻔한 멜로디를 들으며 기다리는 시간이 짧으면 짧을

수록 좋겠지만, 정확한 지침은 없다. 시즌별로, 시간대별로 달라지는 전화 대기 시간을 통제하기란 불가능하기 때문이다. 대신 고객이 기다림을 참지 못하고 전화를 끊는 비율인 '콜 포기율'은 상황판에 실시간으로 중계된다. 사실 기다리기만 하면 언젠가는 내 전화가 상담원에게 배정된다는 점이 24시간 영업하는 콜센터의 미덕이다. 하필 인력에 비해 통화량이 많을 때 수화기를 들었다면 오래 기다려야 하고, 운 좋게 한가한 시간이라면 금세 사람 목소리가 들려오는 차이가 있을 뿐이다. 상담원도 고객이 얼마나 기다렸는지, 그동안 인내심이 얼마나 소진되었는지 모른 채 전화를 받는다. 그래서 일단 "오래 기다리셨습니다."라는 고정 멘트로 포문을 여는 상담원이 대다수다. 나도 그중 하나였다.

그런데 신년의 설렘이 채 가라앉기도 전인 2020년 초, 코로나19의 달갑지 않은 출현과 함께 이 멘트는 더 이상 빈말이 아니게 되었다. 일본에서는 그해 1월 15일 첫 코로나 사례가 확인되었고, 2월에는 요코하마에 정박한 다이아몬드 프린세스호 크루즈선에서 700여 명이 집단 감염되었다. 곧이어 세계 각국에서 여행객에게 빗장을 걸어 잠그기 시작했다. 여행 변경과 취소 문의가 빗발쳤다. 당장 출국을 앞둔 고객부터 몇 개월 뒤 여행이 불안한 고객까지, 한 치 앞을 알 수 없는 초유의 사태에 고객들이 일제히 통화 버튼을 누른 것이었다. 대기 중인 이메일은 감당할 수 없을 만큼 쌓여 갔고, 전화는 '통화 가능' 상태로 바꾸기 무섭게 들어왔다. 한 통의 전화가 끝나면 상담원에게는 통화 이력을 작성하거나 다른 필요한 작업을 수행할 '후처리' 시간이 주어진다. 감정 소모가 심한 통화를 했다면 후처리를 하며 마음을 추스르기도 한다. 3~4분 정도는 매니저의 승인 없이 사용할 수 있는데, "후처리 사용은 가능한 지양해 주세요."라는 공지까지 내려온 비상사태였다.

누구도 코로나19가 여행사에 미칠 영향을 예상하지 못했다. 특히 신입 교육을 막 이수한 내 눈에 비친 콜센터의 현장은 총성 대신 다급한 목소리와 타자음이 난무하는 전쟁터나 다름없었다. 태풍이나 지진 탓에 일부 지역을 여행할 수 없게 되는 상황은 왕왕 있어도, 전 세계 하늘길이 갑작스레 막히는 일은 전대미문이었다. 회사에서도 고용을 늘리고 초과 수당을 지급하는 등 급히 인력을 보충했지만, 폭증한 문의를 감당하기에는 역부족이었다. 한 고객은 이메일 답장을 1주일 동안 기다리다 전화를 했는데 2시간 만에 겨우 상담원 목소리를 듣는다며 한숨을 내쉬었다.

게다가 상담원에게 고객과의 전화는 업무의 시작이었다. 여행사에서 구입한 환불 불가 상품을 무료로 취소하거나 변경하려면 얽혀 있는 숙박 시설과 항공사 등 파트너사에 일일이 연락해 협상해야 한다. 나중에는 여행지가 코로나19로 입국이 제한된 국가라면 파트너사의 승인 없이도 환불이 가능하다는 지침이 내려왔지만, 당시에는 매뉴얼이 없어 개별적으로 확인하는 수밖에 없었다. 그런데 파트너사도 업무량이 급증한 것은 피차일반. 커뮤니케이션은 도미노처럼 지연됐고, 고객 입장에서는 겨우 상담원과 통화했다 하더라도 다시 업체의 답변을 무한정 기다려야 하는 막막한 상황이 이어졌다.

인간의 본성은 위급 사태에 드러난다고 했던가. 수십만 원, 수백만 원을 잃을지도 모르는 형국에 평온하고 교양 있는 목소리를 유지할 수 있는 고객은 흔치 않았다. 긴 대기 시간으로 증폭된 불쾌감은 상기된 목소리와 말투에서 고스란히 드러났다. "여보세요."는 "내가 얼마나 기다렸는지 알아?"로, "늘 신세 지고 있습니다."는 "환불은 언제 되는 거예요?"로, "바쁘신데 실례합니다."는 "도대체 답장은 언제 오는 거죠?"로 빠르게 대체됐다. 파트너사와 무료 취소를 협의하기 위해 5분만 기다려 달라고 양해를 구하면, "시간 재고 있을 테니 5분 넘기기만 해 봐."라는 엄포가 돌아오기도 했다. 그 외에도 왜 바로 환불해 주지 않냐며 호통을 치는 사람, 소송하겠다고 협박하는 사람, 답장이 올 때까지 매일 전화하겠다며 채근하는 사람 등 공격의 방식은 참으로 다양했

다. 어느 누구에게도 책임을 물을 수 없는 감염병이 만들어
낸 혼란 속에서, 여행이 좌절된 고객의 총구는 나와 같은 상
담원을 겨누었다. 그런 와중에 "여행사도 잘못은 없는데 고
생이네요."라며 위로의 인사를 건넨 일부 마음씨 좋은 고객
이 없었다면, 나는 진작에 백기를 들고 말았을 것이다.

　똑같은 상황에서 천양지차인 이 마음씨의 차이는 대체
어디에서 오는 걸까. 동료들과 점심시간에 가벼운 토론을
벌인 적이 있다. 어떤 이는 경제적 여유에서 나온다고 주장
했다. 1박에 수백만 원이 넘는 고급 패키지를 이용하는 고
객은 말투에서부터 여유가 넘쳐 흐른다고. 그러자 다른 동
료는 있는 놈이 더 하다며 혀를 찼다. 부와 인맥을 과시하며
조금도 기다리거나 손해 보지 않으려 하는 일부 고객을 예
로 들면서. 사람은 누구나 자신이 세운 가설에 일치하는 사
례를 귀담아듣기 마련이므로, 나는 두 가지 의견 모두 조금
은 진실이고 조금은 거짓이라고 본다. 가난해도 속에 우주
를 품은 이가 있고, 부자라고 해서 모두 안하무인일 리는 없
지 않은가. 더군다나 부도 빈곤도 대물림되는 세상에 관대
함마저 돈에서 나온다면 삶이 너무 불공평하다. 타고난 환
경이나 외부적 요인을 완전히 무시하기는 어려워도, 내면의
그릇은 자신의 힘으로 빚을 수 있다고 믿고 싶다.

　상담원도 사람인지라 화를 내도 마땅한 상황에 고객이

이해심을 보이면 감동한다. 문제가 더 원활하게 풀리도록 발 벗고 나선다. 당장 해결할 수 없는 문제라도 어떻게든 해결책을 찾으려 노력한다. 얼굴도 모르는 상담원도 그들에게 호의적인데, 실생활에서는 얼마나 더 큰 사랑과 호의를 받으며 살아갈지 눈에 선하다.

반면 어떻게 해도 불평 일색인 고객에게는 매뉴얼대로의 응대만 하고 가능한 빨리 전화를 끊고 싶어진다. 다시 엮일 일이 없기를 간절히 바라면서. 상담원의 말꼬리를 잡고 늘어지거나 끈질기게 민원을 넣으면 할인 쿠폰 하나쯤 더 챙겨 갈는지 모르겠다. 하지만 그런 이들은 만나는 사람마다 자신에게 불친절하고, 주위에서 벌어지는 일은 모조리 불합리하다고 느끼지 않을까. 그토록 각박한 세상에 살고 싶은 이는 아무도 없을 것이다.

물론 고작 몇 분짜리 대화로 그들의 삶 전체를 재단할 수는 없다. 그래도 "오래 기다리셨습니다."라는 인사를 비아냥으로 받아치는 사람과 "상담원도 힘들겠네요."라고 위로할 수 있는 사람의 삶에는 분명 차이가 있을 것이다. 코로나발 취소 대란 속에서 나는 얼굴 모를 이들의 민낯을 조금씩 훔쳐본 기분이었다.

몇 달치 예약이 모조리 취소된 2월과 3월은 고객뿐 아니라 상담원에게도 인내의 미덕을 가르쳐 준 시간이었다. 봄기운이 완연해지자 다섯 자리를 돌파할 것 같았던 '대기 중 이메일'이 어느 날 0에 도달하고, 매일 빨간 경고등이 울리던 콜 포기율도 안정세를 되찾았다. 나와 동료는 서로의 노고를 자축하며 축배를 들었다. 혹독한 실전 덕에 상담원으로서 빨리 성장했을 뿐 아니라 동료애를 넘어 전우애를 얻었다며 서로를 토닥이기도 했다.

그때는 미처 몰랐다. 콜센터에 찾아온 적막이 우리의 승리가 아니었음을. 그리고 상담원의 밥줄을 쥔 회사 간부들이 환불 사태보다 더 암울한 전망을 내다보며 계산기를 두드리고 있었음을.

어느 날 찾아온 정리 해고

상담원의 입에서 나오는 "어쩔 수 없습니다."는 대개 '안 된다'의 완곡한 표현이다. 여행을 잘 다녀와서 운전 기사의 태도가 기분 나빴으니 전액 환불해 달라는 고객에게, 객실에서 무슨 짓을 했는지 벽에 구멍을 뚫어 놓고 보상은 못 하겠다는 고객에게, 실수로 취소 버튼을 누른 뒤 홈페이지 오류라며 생떼를 쓰는 고객에게, '심정은 충분히 이해하지만' 하고 운을 떼는 식이다. 듣기 좋은 포장을 한 겹 들어내면 결국 당신의 의사와 상관없이 우리는 규정대로 처리하겠다는 선언이다. '부득이하게'라는 표현은 고객의 요구를 받아 줄 수 없거나 그럴 필요가 없을 때 주로 사용한다.

그런데 인사팀에서 발송한 전체 이메일에 이 '부득이하게'라는 말이 쓰여 있었다. 무언가 잘못됐다는 직감이 들었다. 미사여구를 헤치고 다급히 확인한 본론은 이랬다.

"코로나19로 인한 경영 악화로 부득이하게 인원 감축

을 결정했습니다. 본인이 대상자인지 여부는 몇 시간 내에 발송해 드릴 이메일에서 확인하실 수 있습니다."

해고 대상자에게는 월말까지의 급여와 소정의 위로금이 지급되며, 업무는 당장 내일부터 하지 않아도 된다는 친절한 설명도 뒤따랐다. 한마디로 정리 해고 통지였다. 불과 얼마 전까지 화장실 갈 시간도 아껴 가며 고객을 응대했던 나와 동료들이 순식간에 짐짝 신세가 되어 버린 것이다.

전쟁 통을 방불케 했던 콜센터가 거짓말처럼 조용해진 것은 일본 정부가 '제1차 긴급사태 선언'을 발령한 4월 7일 직후였다. 3월 26일에 기자회견을 통해 총리가 국민들에게 한차례 자숙을 요청했음에도 코로나19의 확산세가 꺾이지 않자 내린 특단의 조치였다. 처음에 수도권과 오사카, 후쿠오카 등 일부 지역에 적용되었던 조치가 열흘 만에 전국으로 확대했다. 내용은 간단했다. 가능한 한 이동을 삼가고, 사람이 모이는 시설은 영업을 쉬거나 시간을 단축해 달라는 것. 강제성이 없는 단순 권고였지만, 다 함께 노력하면 사태가 종식될지 모른다는 헛된 희망이 유효한 시절이었다. 시민들은 생계와 직결된 일이 아니라면 외출을 자제했다. 호텔과 식당, 쇼핑몰 등 상업 시설도 문을 닫았다. 기업은 재택근무를 도입했고, 콜센터도 예외는 아니었다. 책상에 앉아 노트북을 켜고 헤드셋을 쓰는 것만으로 출근이 끝나니 식료품이나 생필품이 떨어졌을 때 빼고는 밖에 나갈 필요가 없었다. 북적이던 번화가가 순식간에 유령도시로 탈바꿈했다.

사람들이 여행은커녕 문 밖도 나서지 않으니 여행사 상담원은 출근해도 할 일이 없어졌다. 한 시간에 전화 한 통 들어올까 말까. 환불 문의가 봇물처럼 쏟아지던 지난날이 꿈처럼 아득할 지경이었다. 온종일 모르는 사람들의 분풀이에 시달리는 것보다는 사내 홈페이지를 멀뚱멀뚱 쳐다보는 편이 편하기는 했다. 하지만 한가해진 업무에 마냥 기뻐할 사람은 없었다. 콜센터의 적막은 곧 회사의 위기였다. 이미 90퍼센트 이상의 예약이 취소되어 막대한 손실을 입었는데 신규 예약마저 들어오지 않으면 여행사가 어떻게 버티겠는가. 코로나19가 단기간에 종식하지 않으리라는 불길한 예측도 속속 나오고 있었다.

"이러다가 우리 회사도 휴업하는 거 아냐?"

"잠깐 쉬는 정도면 그래도 괜찮을 텐데……."

직원들 사이에서도 우려의 목소리가 조심스레 터져 나오기 시작했다. 이미 관광업계에서는 직원들이 휴직과 단축 근무에 들어가는 일이 비일비재했다. 그렇게 되면 줄어든 월급을 어떻게 충당해야 할지 걱정이었다. 긴급사태에도 문을 여는 슈퍼나 편의점에서 아르바이트를 할까. 그런데 일본인

지원자가 몰리면 굳이 나처럼 경험 없는 외국인을 뽑아 줄까. 차라리 온라인으로 한국어 강습을 시작해 볼까. 그렇게 상상의 나래를 펼치던 차에 누구도 감히 입에 올리지 못했던 정리 해고라는 최후통첩이 메일함에 날아든 것이었다.

이미 퇴근 시간은 한참 지나 있었지만, 당장 실업자가 될지도 모르는 판국에 다른 일이 손에 잡힐 리 없었다. 인사팀에서 잔류자와 퇴출자 리스트를 분류하고 있었을 두세 시간 동안, 나는 휴대폰으로 사내 메일함을 끊임없이 새로고침하며 최악의 시나리오를 그렸다. 입사 전보다 악화됐을 취업 시장에 하자 상품처럼 맥없이 진열될 상상을 하니 아찔할 따름이었다.

활발했던 동기들과의 그룹 채팅방에도 침울한 분위기가 감돌았다. 해고자에게 개별 연락이 가기 전까지 말을 아끼는 분위기였지만, 몇 시간이 지나자 해고 통보를 받았다며 이별을 고하는 이들이 하나둘 생겨났다. 하루아침에 일자리를 잃게 된 어떤 이는 격렬히 분노하며 끝까지 싸우겠다고 했고, 다른 이는 별도리 있겠냐며 빠르게 단념했다. 자그마한 화면 속에서 끊임없이 올라왔다 사라지는 메시지창을 보고 있으니, 나도 얼른 해고 통지를 받는 편이 속 편하겠다 싶기까지 했다. 그리고 머지않아 내게도 운명의 이메일이 도착했다.

"이 메일을 보고 계신 분은 감원 대상이 아닙니다."

나는 채팅방에서 아무 말도 할 수 없었다.

나중에 밝혀진 정리 해고 규모는 전체 사원의 5분의 1에 달했다. 그중에도 할 일이 가장 많이 줄어든 콜센터에 유독 타격이 컸다. 특히 수습 기간도 채우지 못한 신입 상담원은 손쉬운 희생양이었을 것이다. 입사 시기가 같은 동기 중 남은 사람은 절반에도 미치지 못했다.

수많은 원어민 사원을 제치고 나는 어떻게 살아남은 걸까. 회사가 해고 대상자를 선정한 정확한 기준은 지금도 알지 못한다. 상담원의 능력을 평가하는 KPI도 영향을 미쳤겠지만, 나보다 경험과 능력이 출중한 베테랑 사원도 해고 대상이 되었으니 꼭 성적순만은 아닌 듯했다. 링크드인을 통해 내게 인터뷰를 제안했던 채용 담당자도, 신입 교육을 진행했던 강사도, 상담 중에 모르는 내용이 나올 때마다 친절히 가르쳐 주었던 수많은 선배와 동료들도 이유조차 듣지 못한 채 허망하게 내쳐졌다. 그리고 수명을 연장한 나는 다음 날에도 태연히 전화를 받아야 했다.

예측할 수 없는 재난 앞에서 회사도 어쩔 수 없었다고 말하면 할 말은 없다. 나 역시 대단한 사명감을 갖고 입사하지 않았고, 계약으로 연결된 조직에 가족애나 의리를 기대할 만큼 순진하지도 않다. 그래도 의문은 남는다. 회사에서 일방적으로 해고자 목록을 만들어 통보하는 방식이 과연 최선이었는지. 희망 퇴직과 휴직 신청을 먼저 받거나, 전 직원의 근무 일수를 줄이는 선택지를 먼저 고려할 수는 없었는지. '부득이하게'라는 표현과는 달리, 경영진의 결정은 무서울 만큼 신속하고 단호했다. 분명한 건 정리 해고를 계기로 직원들의 직장에 대한 신뢰는 큰 타격을 입었고, 남아 있는 노동자들의 열의도 급격히 곤두박질치기 시작했다는 것이다. 이 또한 '부득이한' 결과였다.

마음이 놓이지 않는 이상한 말

괜찮습니다

大丈夫です

2020년 봄은 참 이상한 계절이었다. 3월 말이었던가. 집 앞 공원에 늘어선 벚나무가 꽃망울을 터뜨리자마자 계절을 착각한 함박눈이 펑펑 쏟아졌다. 설중매도 아니고 새하얀 눈 이불을 덮은 벚꽃이라니. 난생처음 보는 광경에 나는 어린아이처럼 들떠 나무와 나무 사이를 폴짝폴짝 뛰어다녔다. 그런데 지금 생각하면 새 출발의 기쁨이 무르익기도 전에 맞닥뜨릴 차디찬 현실을 예고한, 자연의 거대한 복선이 아니었나 싶다.

그 후에 벌어진 기이한 사건을 더 꼽아 볼까. 4월에 발령한 제1차 긴급사태 선언으로 신호 한 번에 천 명이 건넌다는 시부야 스크램블 교차로가 텅텅 비었고, 출퇴근을 하지 않는 낯선 회사 생활이 시작됐다. 30년 넘게 모르고 살았던 꽃가루 알레르기가 갑자기 발병했고, 기다렸다는 듯 휴지와 마스크가 동이 나 애를 태웠다. 무엇보다 동료들을 벗

잎처럼 허무하게 떨어뜨린 정리 해고 바람도 그해 봄의 일이었다. 아름다운 풍경을 봐도 예전처럼 마냥 기쁘지 않았던, 다시는 돌아가고 싶지 않은 계절이다.

코로나19의 직접적인 타격을 입은 여행업계였기에 감원은 예견된 비극이었을지 모른다. 하지만 같은 사건이라도 뉴스를 통해 접하는 입장과 피부로 겪는 심경은 천지 차이다. 건너 듣는 이야기였다면 숫자에 불과했을 테지만, 내게는 한 명 한 명 얼굴을 떠올릴 수 있는 동료였다. 특히 한날한시에 입사한 동기들과는 코로나19로 인한 혼란을 함께 감당하며 끈끈한 연대감을 피워 낸 터였다. 사적인 자리에서는 친구처럼 지내는 관계도 있었다. 하지만 인원 감축과 함께 운명이 두 갈래로 나뉘면서, 그들과의 관계도 때 이른 종착점에 이르고 말았다.

그때를 떠올리면 지금도 가슴 한 켠이 저릿하다. 가뜩이나 여행업계의 고용이 얼어붙은 마당에 갑자기 회사로부터 내쳐진 이들의 심정이 얼마나 참담했을지. 해고 통지 이후 회사는 감원 대상자들과 몇 차례 면담을 실시했다. 사실상 해고 통지서에 사인을 받아 내기 위한 자리에 지나지 않았다. 참석한 동기에게서 전해 들은 분위기는 살벌하기 그지없었다. 기습적인 통보 방식과 불투명한 기준에 대해 끊임없이 불만이 터져 나왔고, 애꿎은 인사 담당자는 연신 고개를 숙이기 바빴다고 한다. 하지만 회사가 결정을 번복할리 없었고, 한때 동료라 불리던 이들이 그렇게 회사에서, 그리고 내 삶에서 자취를 감췄다.

떠나는 동기들과의 어색했던 송별회를 잊지 못한다. 선부른 위로조차 꺼내지 못하던 내게 한 친구가 "어차피 그만두려고 했으니까 괜찮아."라며 해사하게 웃어 보였다. 나이는 어렸지만 다양한 아르바이트 경험 덕분인지 타고난 배포덕분인지 까다로운 고객도 넉살 좋게 상대하던 친구였다. 나이에 비해 늘 의젓했던 그의 투명한 거짓말이 가슴을 헤집었다.

이별의 슬픔을 추스를 새도 없이, 남겨진 이들의 일상은 계속됐다. 봄의 눈속임 같은 찬란한 햇살이 내리쬐던 5월말, 확진자 수가 1일 100명 밑으로 떨어지자 일본 정부는 긴급사태를 해제했다. 회사에서도 상담원에게 서둘러 복귀를 요구했다. 사무실 방역을 마치고 거리 유지를 위해 한 자리 걸러 한 자리마다 'X' 표시를 했다며, 사진까지 보내 주었다. 해고당한 동료 덕에 늘어난 빈 자리를 자랑이라도 하듯이.

하지만 콜센터 건물에서 확진자가 연이어 나오는 마당에 선뜻 출근하겠다고 나설 이는 없었다. 꼭 사무실에 출근하지 않아도 업무에 영향이 없음을 이미 피부로 확인한 터였다. 언뜻 보기에 콜센터와 재택근무는 어울리지 않는 조합일지 모른다. 하지만 대부분의 콜센터에서 컴퓨터 프로그램을 사용하므로, 노트북과 헤드셋, 그리고 약간의 기술 지원만 있다면 어디서든 업무가 가능하다. 다만 고객의 개인 정보를 다루다 보니 근무 환경을 엄격하게 관리할 뿐이다.

상담원은 출근하자마자 개인 소지품을 모두 로커에 보관한다. 책상에 놓아둘 수 있는 물품은 물과 음료수 그리고 초콜릿처럼 입에서 녹는 가벼운 간식이 전부다. 혹시 모를 정보 반출을 방지하고자 필기구 사용도 금지되며, 당연히 CCTV도 설치되어 있다. 그런데 재택근무 중에는 상담원이 어디에서 어떻게 일하는지 감시할 도리가 없으니, 관리자로서는 혹시 모를 불상사를 방지하기 위해서라도 하루빨리 상담원들을 사무실로 불러들이고 싶었을 것이다.

위험의 소지를 가능한 한 줄이고 싶은 회사 입장은 충분히 이해한다. 하지만 코로나19에 대한 의학적 지식이 부족했던 그 당시에는 감염에 대한 두려움이 지금과 차원이 달랐다. 백신과 치료제가 나오기 전, 폐섬유증과 호흡곤란, 브레인 포그 등 소문만 무성한 코로나19의 증상은 엄청난 공포를 불러일으켰다. 게다가 확진자라는 낙인이 사회적 생명을 끝내 버릴 수도 있는 시기였다. 가뜩이나 정리 해고로 회사에 대한 신뢰가 바닥을 친 상황이었다.

'혹시라도 코로나19에 감염돼 장기간 격리에 들어가게 되면 영원히 복귀하지 못하는 건 아닐까.'

'일자리는 보전한다 한들, 일상생활이 어려울 정도로 심각한 후유증을 남기지는 않을까.'

모두가 속으로 비슷한 걱정을 품었다. 방역 수칙을 철저히 지킨다 하더라도 무심코 코나 눈으로 향한 손짓에 감염되어 버린다면, 그 결과는 오롯이 개인의 몫임을 잘 알고 있었다.

하지만 상담원의 의견과는 상관없이 회사는 기어코 사무실 복귀를 결행했다. 다행히 몇몇 상담원이 거세게 불만을 제기하자 상황을 보며 출근 일수를 점진적으로 늘리겠다며 격일 근무로 한 발 물러섰다. 일주일에 두 번, 두려움을 안고 전철에 몸을 실었다. 사무실에서는 집에서 일할 때와 달리 마스크를 꼭 착용해야 했다. 숨이 차오르는 답답함은 참을 수 있었지만, 내 목소리가 정확하게 전달되지 않는 탓에 고객이 불만을 제기하면 어쩔 수 없이 마스크를 내렸다 올리기를 반복해야 했다.

그러던 어느 날 우려하던 일이 터지고야 말았다. 콜센터에 출근한 상담원 한 명이 확진 판정을 받은 것이었다. 콜센터에서 근무했던 모든 직원이 즉시 귀가했다. 나는 출근하지 않은 날이었지만, 집에서 근무하던 내게도 충격이 고스란히 전해졌다. 같은 건물 내에서 감염이 발생했을 때는 아랑곳 않던 회사도 콜센터 안에서 확진자가 나오자 방역을 위해서라도 사무실 복귀를 미루는 수밖에 없었다.

　동료가 감염됐다는 소식이 놀라운 만큼 그 후의 조치도 의아하기는 마찬가지였다. 당시 한국에서는 확진자가 다녀 간 시설이 봉쇄되고, 동선을 추적하는 앱까지 등장한 상황 이었다. 그런데 내가 다닌 콜센터에서는 확진자와 함께 근 무했던 직원 중 누구에게도 PCR 검사를 요구하지 않았고, 확진자가 누구인지도 알 수 없었다. 감염자를 향한 비난을 방지하고자 익명을 고수한 점은 납득이 간다. 그런데 그 직 원에게 언제부터 증상이 발현됐는지, 혹시 내가 회사를 방 문한 날에 출근하지는 않았는지, 점심이나 휴식 시간에 어 떤 시설을 이용했는지 나서서 알려 주는 이가 없었다. 밀접 접촉자가 없었다고 어떻게 확신하는가. 업무 중에는 자리 를 한 칸씩 띄워 앉았다 하더라도, 엘리베이터나 화장실 같 은 공용 시설에서 가까이 서 있거나 대화를 나눈 사람이 정 말 없었을까. 회사의 안일한 대처를 본 뒤로는 방역을 철저 히 하고 있으니 출근해도 괜찮다는 회사의 말을 더 이상 믿 을 수 없었다.

　'괜찮다.'라는 말은 본래 맥락에 따라 뜻이 변화무쌍하게 달라지는 표현이다. '좋다.'를 점잖게 표현한 긍정의 말이면서도, '필요 없다.'의 적나라함을 뺀 거절의 언어이기도 하니까. 그런데 모두의 일상을 뒤바꾼 그해 봄을 지나며, 나는 긍정으로 쓰이는 '괜찮다.'에도 훨씬 복합적인 의미가 있음을 비로소 이해하게 됐다.

한국에 있는 가족에게 안부를 물으면 늘 "우리는 괜찮아."라는 답이 돌아왔다. 걱정하지 말라는 위로였다. 신규 입국 금지 탓에 해외 유학이나 워킹 홀리데이, 취업 등 진로 계획이 어그러진 친구들도 하나같이 괜찮다고 답했다. 스스로 거는 위로의 주문이었으리라 짐작한다. 한편, 속수무책인 상황에서도 무언가를 보여 줘야 하는 여러 집단의 우두머리들도 때 이른 팬데믹 종식을 점치며 '괜찮다.'라는 말을 남발했다. 바이러스 대유행이 언젠가 끝나리라는 위로였을지도 모르지만, 때로는 지키지 못할 호언처럼 공허한 울림만을 남겼다.

일본어로 '괜찮다.'와 비슷하게 쓰이는 '다이죠부데스(大丈夫です).'를 직역하면, 흥미롭게도 '대장부입니다.'라는 뜻이 된다. 현대 언어생활에 남은 사무라이 문화의 잔상이다. 지금은 남녀노소 누구나 사용하는 이 표현은 무사들이 넘어지거나 다쳐도 '나는 튼튼한 사내 대장부이니 문제없다.'라고 말하던 데서 파생했을 것이다. 똑같이 불안한 상황

에 놓였으면서도 오히려 타국에 사는 나를 걱정한 가족과 친구의 모습은 이 표현의 기원을 떠올릴 만큼 씩씩하고 미더웠다. 하지만 책임지지 못할 말만 늘어놓은 일부 리더나, 감염에 대한 대책을 세우지 않은 채 사무실 복귀만 요구한 회사의 태도는 결코 괜찮지 않았다.

이해하기 어려운 일들이 연달아 벌어지는 사이, 눈이 쌓였던 벚나무에 푸릇푸릇한 잎사귀가 무성히 자라났다. 후덥지근한 공기 탓에 마스크 안으로 연신 땀방울이 흘러내렸다. 바야흐로 여름. 그동안 집에서 숨죽여 지낸 이들에게 일본 정부가 '여행해도 괜찮다.'라고 선언한 '고 투 트래블(Go To Travel) 캠페인'의 불안한 서막이 오르고 있었다.

팬데믹 시대 여행사에서 일한다는 것

또 이용해 주세요

またのご利用をお待ちしております

'자리가 사람을 만든다.'라는 말의 뜻을 나는 초등학교 때 배식 당번을 하며 처음 깨달았다. 6학년 학생들이 돌아가며 급식을 나눠 주던 학교였다. 저학년일 때는 몰랐다. 당번의 눈치를 살피며 이 반찬은 조금 덜 주고 이 반찬은 조금 더 주면 안 되냐고 물을 때 고작 한두 살 많은 그들이 왜 그토록 인상을 찌푸리는지. 당번들이 일용할 양식을 퉁명스레 내려놓을 때, 급식판과 집게가 '탕' 하고 부딪히는 소리에 움츠러들면서도 원망스러운 눈빛을 감추지 못했다.

그런데 직접 배식 당번을 맡아 보니 나라고 별수 없었다. 반찬 통과 냄비에서 올라오는 김은 뜨거웠고, 위생복은 답답했다. 무엇보다 점심시간을 빼앗겼다는 박탈감에 한시라도 빨리 배식을 끝내고 싶다는 생각뿐이었다. 한정된 자원으로 배고픈 초등학생 무리를 만족시킬 재량도 없었다. 그 나이대의 식성이란 고만고만한 법이어서, 모두가 선호하는 탕수육이나 소시지 반찬을 듬뿍 퍼 주다 보면 뒷사람 접시에는 김치와 나물 반찬만 수북이 쌓일 판이었다. 한 공간에 있어도 부여된 역할에 따라 보이는 단면이 다르고 행동거지도 바뀐다는 사실을, 나는 열세 살의 나이에 급식실에서 배웠다.

서른이 넘어 여행사 콜센터에서 일하면서 또 한 번 '자리가 사람을 만든다.'라는 말을 곱씹게 됐다. 여행사 상담원이라는 직업이 이미 어느 정도 형성된 내 가치관이나 성격을 바꿀 수는 없었다. 하지만 내 생계와 직결된 사회 이슈를 대하는 입장에는 분명히 영향을 미쳤다. 대표적 예가 코로나 시대에 여행을 대하는 자세였다.

1차 긴급사태 선언이 끝나 갈 무렵, 도쿄에 있는 한 숙박업소로부터 이런 전화를 받았다.

"죄송한데, 저희 호텔에서 받은 7, 8월 예약을 전부 취소해 주시겠어요?"

앳된 목소리와 어울리지 않는 묵직한 통보였다. 2020 도쿄 국제올림픽경기대회가 이듬해로 연기된 탓에 여름에 휴업을 결정하는 숙박업소가 간혹 있긴 했다. 하지만 이미 결제까지 끝낸 고객에게 하나하나 연락해 숙소 변경이나 환불 처리를 해야 하기에 상담원으로서는 기피하고 싶은 요청이었다.

"알려 주셔서 감사합니다. 8월까지 휴업하시는 건가
요?"

"그건 아닌데요…….."

말하고 싶지 않은 눈치였지만, 고객에게 해명하려면 취
소 사유를 꼭 알아야 했다.

"그러면 혹시 코로나 경증 환자 격리 시설로 지정되었
나요?"

"그것도 아니고요. 저희 호텔이 6월부로 문을 닫거든
요. 어차피 예약은 8월까지만 받아 놨어요."

"아…….."

나는 잠시 할 말을 잃었다. 그 뒤로도 머리는 얼어붙은
채 입만 횡설수설했을 테다. 그 직원은 자신도 미처 소화하
지 못한 소식을 내게 전하느라 그토록 뜸을 들였던 것이다.

이렇게 안타까운 전화가 있었다며 쉬는 시간에 동료에
게 이야기하자, 그는 더 슬픈 일화를 들려주었다. 코로나로
여행을 못 가게 된 고객이 환불 불가 상품의 취소를 요청해
호텔에 전달했더니, 직원이 "이거 다 환불해 드리면 저희가
월급을 못 받아요."라며 도리어 하소연했다는 게 아닌가. 졸
지에 숙소가 바뀌거나 여행도 못 간 채 위약금만 내게 생긴
고객도 억울하겠지만, 정리 해고를 간신히 비껴간 나는 생

계가 위태로워진 업계 사람들에게 조금 더 마음이 쓰였다.

그러던 2020년 7월, 일본관광청에서 '고 투 트래블' 캠페인을 야심 차게 내놓았다. 긴급사태 선언으로 침체된 관광업계를 살리려는 취지에서 정부가 여행 비용의 반을 부담하는 파격적인 프로모션이었다. 예를 들어 숙박과 교통이 묶인 40만 원짜리 여행사 상품이 있다고 하자. 그러면 여행사에서는 정부로부터 35퍼센트를 지원받아 고객에게 요금의 65퍼센트인 26만 원에 판매한다. 그리고 나머지 15퍼센트에 해당하는 6만 원으로 여행객에게 현지 음식점이나 기념품 가게, 체험 시설에서 쓸 수 있는 '지역 공통 쿠폰'을 제공한다. 어차피 여행을 가면 외식과 쇼핑, 액티비티를 즐기기 마련이니, 결국 숙소와 교통편을 반값인 20만 원에 이용하는 셈이다.

없던 여행 욕구도 샘솟을 법한 일본 정부의 관광 장려 캠페인. 하지만 그 소식을 처음 들었을 때 내 본능적인 반응은 한마디로 '이래도 돼?'였다. 다른 나라에서는 코로나19 감염을 한 건이라도 막기 위해 이동을 제한하는 때에, 일본은 오히려 정부가 나서서 여행을 재촉하는 판국이었던 것이다. 긴급사태 기간 동안 주춤했던 확진자 수도 서서히 오르던 참이었다. 여행자들이 전국 방방곡곡을 누비는 사이, 바이러스 확산세에 가속도가 붙을 것은 불 보듯 뻔했다.

하지만 여행사에 몸담은 입장에서 캠페인을 무작정 반대할 수도 없었다. 코로나19로 인한 집단 해고의 상처가 채 아물지 않은 시기. 꽁꽁 얼어붙은 여행 심리가 계속 풀리지 않으면 언제 또 해고 바람이 불어닥칠지 모를 일이었다. 여행이 누군가에게는 단순히 기분 전환일지 몰라도, 어떤 회사에게는 생존이, 또 어떤 직원에게는 식구의 생계가 걸린 문제다. 전국의 여행사와 관광업체에서는 그동안의 손실을 만회하기 위해 고 투 트래블 홍보에 열을 올렸다. 내가 다닌 여행사도 예외는 아니었다. 그리고 놀랍게도 몇 개월 만에 코로나19 이전에 근접한 예약률을 회복할 수 있었다.

어떻게 이런 일이 가능했을까. 가장 큰 이유는 코로나19 이전에도 일본인은 해외여행보다 국내여행을 선호했기 때문이다. 코로나19가 여행자의 발목을 잡기 전인 2019년, 한국관광공사가 발표한 우리나라 해외여행 인구는 약 2871만 명으로 전 국민의 반을 넘는다. 반면, 일본관광청에 따르면 같은 시기 일본에서는 인구의 약 16퍼센트에 불과한 2008만 명이 관광을 위해 국경을 넘었다. 그리고 해외여행에 쓴 돈의 약 18배를 국내 당일치기 혹은 숙박 여행에 소비했다. 애초에 해외여행의 비중이 크지 않으니, 일본인이 주 고객인 여행사는 국내 여행만 정상화되어도 버틸 만한 것이다. 방역의 최전선에 있는 의료 기관에는 고 투 트래블 캠페인이 재앙이었을

지 몰라도, 일본 관광업계에게는 구원이었다. 한동안 잠잠했던 콜센터의 전화벨도 다시 바쁘게 울리기 시작했다.

문의는 십중팔구 고 투 트래블과 관련된 내용이었다. 캠페인 기간은 언제부터 언제까지인지, 이 상품은 할인 대상인지 아닌지, 맞다면 할인 금액은 얼마인지, 환급은 언제 어떻게 받는지, 그리고 상품권은 어떻게 사용하는지. 기존의 업무 내용에 캠페인에 관한 세세한 내용까지 숙지하고 있어야 신속하게 안내할 수 있었다. 남은 인력으로 봇물 터지듯 밀려드는 문의를 감당할 수 없게 되자, 회사는 해고한 상담원 중 일부를 재고용하기도 했다. 몇 개월 만에 돌아온 반가운 얼굴을 마주하자 나는 더욱더 고 투 트래블을 비난할 수 없었다.

고객에게 이메일을 보낼 때 회사에서 제공하는 템플릿은 대개 "다음 이용을 기다리고 있겠습니다(またのご利用をお待ちしております)."라는 말로 끝을 맺는다. 우리나라에서는 "또 이용해 주세요." 정도로 의역할 수 있는 상투적인 표현이다. 고 투 트래블 캠페인에 대한 찬반 논의로 언론이 시끄럽던 시기, 나는 메일을 쓸 때마다 이 문장을 지웠다가 도로 넣기를 반복하곤 했다. 여행은 이기적인 행위로 규탄받고 있었고, 나의 일부는 이에 동조했다. 병상이 부족하다는

의료진의 경고와 제때 치료받지 못해 안타깝게 생을 마감한 환자 유가족의 호소를 들을 때마다 죄책감이 커졌다. 하지만 여행 덕분에 내 일자리가 보장되었고, 영영 잃어버린 줄 알았던 동료가 돌아오기도 했다. 나는 당신의 다음 이용을 기다려야 하는가 말아야 하는가.

고민에 빠진 것은 나뿐이 아니었다. 어떤 고객은 신나게 여행 상품을 고르다 문득 내게 "그런데 진짜 이 시국에 여행해도 되는 걸까요?"라고 물어보았다. 나는 내 안의 어떤 목소리를 꺼내야 할지 몰라 답변을 망설였다. 내가 할 수 있는 말은 "상황이 불확실한 만큼, 고 투 트래블 상품은 예약일 전날까지 무료 취소가 가능합니다."라는 기계적인 안내뿐이었다.

내가 양가적인 태도로 밥벌이에 매진하는 사이, 경제와 방역 두 마리 토끼를 잡겠다던 일본 정부의 발언은 허황된 꿈으로 판명 났다. 12월 초, 일본에서는 하루에만 수천 명이 확진되었다. 지금 돌아보면 적은 숫자지만, 2020년을 기준으로 연일 최고 기록을 세우던 때였다. 의료 관계자는 물론 일반 시민들 사이에서도 캠페인 중지를 요구하는 목소리가 높아졌다. 결국 일본관광청은 캠페인의 조기 중단을 선언했다. 예약이 집중된 연말연시 대목을 목전에 둔 시기였다.

고 투 트래블 캠페인의 우여곡절 일대기

> **죄송합니다**
>
> 申し訳ございません

"고 투 트러블이 아니라 고 투 트래블이에요."

캠페인 문의를 응대하느라 여념이 없던 어느 날, 맞은 편에 앉아 있던 매니저가 내 상담 전화를 듣더니 발음을 고쳐 주었다. 영어 단어 '트래블(travel)'은 일본식으로 '토라베루(トラベル)'라고 읽고, '트러블(trouble)은 '토라부루(トラブル)'라고 읽는다. 겨우 모음 하나 다른 발음을 탓하고 싶지만, 말실수에는 무의식이 반영된다고 하지 않은가. 어쩌면 나도 모르게 고 투 트래블 캠페인을 골칫거리로 인식하고 있었는지도 모르겠다.

바이러스가 불 번지듯 퍼져 나가는 판국에 여행을 장려하는 행위가 옳은지 그른지에 대한 논의는 차치하고서라도, 고 투 트래블 캠페인은 규정 자체에 변경이 잦아 따라가기 벅찼다. 고 투 트러블, 아니 트래블의 파란만장했던 대서사를 단계별로 짚어 보자.

기: 일본 정부가 1차 긴급사태 선언을 거둬들인 지 얼마 지나지 않은 2020년 6월 초, 일본관광청에서 고 투 트래블 사업 개요를 발표했다. 관광산업 활성화를 위해 여가 목적의 숙박 및 교통비를 지원하고, 여행지의 음식점이나 기념품 가게 등에서 사용할 수 있는 쿠폰을 배포한다는 내용이었다. 총 사업 규모는 한화로 약 19조 원인 1조 7000억 엔. 그중 약 20퍼센트를 민간 기업에 주는 업무 위탁비로 책정했는데, 비중이 지나치다는 비난이 일자 개시일이 불투명해졌다.

한 달이 지나도 감감무소식이자 캠페인 실시를 고대하던 일부 고객은 여행사에 전화를 걸었다. 여행사라면 언론에 공개되지 않은 정보를 파악하고 있다고 믿는 걸까. 만에 하나 그렇다 하더라도 콜센터 상담원에게까지 공유하지는 않을 텐데. "고 투 트래블은 언제 시작하는 거예요?"라는 호기심 많은 고객의 질문에 할 수 있는 대답이라고는 "죄송하지만, 저희도 정부 지침을 기다리고 있어서 지금으로선 안내해 드리기 어렵습니다."뿐이었다.

시작 전부터 시끌시끌했던 캠페인은 지역 공통 쿠폰을 제외한 채 7월 22일에 막을 올렸다. 그런데 중요 변수가 또 하나 등장했다. 코로나19 확진자가 집중적으로 발생했던 도쿄가 지원 대상에서 제외된 것이었다. 거주지가 도쿄로 등록된 사람은 캠페인을 이용할 수 없었다. 다른 지역에 살더라도 도쿄 소재의 숙박 시설을 이용하면 대상이 되지 않았다. 여행사에서는 예약 시 고객이 직접 거주지를 선택하고, 숙박업소에 주소가 적힌 신분증을 제시하게 했다. 체크인시 신분증으로 거주지를 확인한다는 사실을 홈페이지와 앱에 버젓이 명시했음에도, 거주지를 속이고 예약한 도쿄 주민이 제법 있었다. 총 47개로 나눠진 일본의 행정구역 리스트에서 하나를 마우스로 콕 집지 않으면 결제 화면으로 넘어가지 않는 방식이었다. 그럼에도 자신은 선택한 적이 없다고 발뺌하며 애먼 상담원에게 화풀이하기 일쑤였다. 속이 뻔히 보이지만, 잘잘못을 따진다고 해서 해결될 일이 아니다. "실망을 드려 죄송합니다만, 도쿄에 사시면 캠페인 대상이 아니니, 예약을 취소하시거나 정상가에 숙박하셔야 합니다."가 모범 답안이었다.

승: 10월, 지역 제한이 사라지고 지역 공통 쿠폰이 배부되면서 캠페인이 완전한 모양새를 갖추었다. 하지만 모든 숙박업소가 고 투 트래블 캠페인 실시 업소로 등록된 것은 아니었고, 참여한다 하더라도 여행사와 연계하지 않는 곳이 더러 있었다. 여행사에서는 당연히 캠페인 적용이 가능한 시설이나 상품에는 따로 고 투 트래블 마크를 추가했다.

이벤트 페이지를 만들고, 결제 가격에도 할인 내역을 상세히 표시했다. 하지만 디자인 팀의 이 모든 노력에도 불구하고 여행사에서 판매되는 모든 상품이 캠페인의 수혜를 입었다고 착각한 고객이 종종 항의 전화를 걸었다. "송구스럽게도 선택하신 상품은"이라고 말문을 열기 무섭게 분통을 터뜨려도 방법은 없었다.

전: 절정에 이른 건 관광업계의 극성수기인 연말연시를 2주 앞둔 시기였다. 코로나19의 폭발적인 확산으로 의료 붕괴가 현실화되자, 정부는 12월 14일, 캠페인의 일시 중단을 선언했다. 12월 28일부터 2021년 1월 11일까지 신규 예약을 받을 수 없을뿐더러, 이미 결제를 마친 예약도 무용지물이 됐다.

일본의 대표적인 연휴는 골든 위크와 '오봉(お盆)', 그리고 연말연시다. 골든 위크란 4월 말부터 5월 초까지 일본의 공휴일이 몰려 있는 황금 주간을 뜻하며, 오봉은 양력 8월 15일을 전후해 3~5일간 조상을 기리는 명절이다. 그리고 대망의 연말연시. 일본에서는 보통 12월 말부터 1월 초까지 대부분의 관공서와 기업이 긴 휴무에 들어간다. 당연히 관광 및 레저 업계의 최대 특수다. 그동안 거리 두기를 철저히 실천한 사람이라도, 연말연시에 싼 값에 추억을 쌓을 기회는 거부하기 힘들었을 것이다.

모처럼 세운 여행 계획이 한순간에 어그러진 고객의 실망감도 이만저만이 아니겠지만, 그동안의 손실을 만회하고자 최선을 다해 손님을 유치했던 여행사들도 당혹스럽기 짝이 없었다. 포털 사이트에 캠페인 중단 발표가 뜨기 무섭게, 콜센터는 또다시 취소 전화로 비상이 걸렸다. 다행히 위약금은 전액 면제됐다. 시국이 시국인 만큼, 시민들 사이에서도 '이번 연말연시는 집에서 보내자.'라는 암묵적인 분위기가 형성됐다. 문제는 여행사를 믿고 계약했으니 할인 금액을 그대로 보장하라는 소수의 고객이었다.

도무지 잊히지 않는 통화가 있다. 처음에는 호텔 직원의 다급한 음성으로 시작했다. 고 투 트래블 가격으로 예약한 고객이 도착했는데, 캠페인이 중지되었으니 차액을 내거나 재예약해야 한다는 안내를 부탁한다는 말이었다. 현장에서 호텔 직원이 고객에게 전화를 바꿔 버리면, 전화 받은 사람이 예약자가 맞는지 본인 인증을 통해 확인해야 한다. 이 절차를 번거로워하는 사람이 많으므로, 나는 콜센터에서 예약자 정보에 등록된 고객의 휴대폰 번호로 발신하는 편을 선호한다. 전화번호와 이름만 일치하면 본인 인증 절차가 훨씬 간소해진다. 하지만 안내할 새도 없이 직원은 전화를 넘겨 버렸고, 곧이어 한 남성의 성난 목소리가 귓가에 쩌렁 쩌렁 울렸다.

"니가 담당자야? 예약 다 해 놨는데 무슨 헛소리야!"

사실 이렇게 점잖은 문장은 아니었다. 야쿠자 영화에서 들어 본 듯한 험악한 목소리와 쏟아지는 비속어에 머릿속이 하얘지는 바람에, 기억나는 몇몇 단어를 조합해 복원한 그의 첫마디. 사전 경고 없이 폭격을 맞은 나는 잠시 정신이 혼미해졌다. 호텔 직원도 고객의 행패를 감당하지 못해 황급히 내게 전화를 돌린 모양이었다. 고객의 화에 기름 붓는 일임을 알면서도, 나는 내 일을 해야 했다.

"고객님, 고 투 트래블 캠페인 건으로 곤란한 상황이시라고 들었습니다. 먼저 불편을 끼쳐 드려 대단히 죄송합니다. 안내에 앞서, 개인 정보 보호를 위해 본인 확인을 먼저 부탁드려도 될까요?"

그러자 더욱 악에 받친 말들이 유리 조각처럼 귀에 박혔고, 힘겹게 같은 안내를 몇 번이나 반복하고 나서야 그는 내게 이름과 이메일 주소 등 몇 가지 정보를 확인해 주었다. 한 자 한 자 또박또박 소리를 지르며. 실랑이 끝에 "그럼 취소해 버려!"라는 고함과 함께 통화는 마무리됐다.

흔치 않은 고객이었다. 일본에는 속에 감춘 본심인 '혼네(本音)'와 표면에 드러나는 태도인 '타테마에(建前)'을 구분하는 문화가 있다고 한다. 그래서인지 분노를 이토록 노골적으로 표출하는 사람은 드물었다. 몇십 킬로미터나 떨어진 곳에서 내뱉는 고함이 내게 아무런 위해를 가하지 못함을 알면서도, 나는 눈앞에 맹수를 만난 작은 초식동물처럼 몸이 얼어붙었다. 막상 통화할 때는 꿋꿋이 매뉴얼에 따라 안내했지만, 전화를 끊고 나니 심장이 두근거리고 손이 떨렸다. 머리에서 저장하기를 거부했는지 상세한 어휘나 문장은 또렷이 기억나지 않는다. 뒤이어 나를 덮친 억울함과 분노도 이제는 희미해졌다. 하지만 공포에 질렸던 육체의 감각만큼은 선명히 각인되어 좀처럼 떨쳐지지 않는다.

결: 고 투 트래블 캠페인 재개일인 1월 12일이 임박해도 감염세가 잡히지 않자, 일본 정부는 더 강력한 조치를 꺼내 들었다. 2차 긴급사태 선언이었다. 혼란 속에 밝은 새해가 다시 저물 때까지, 고 투 트래블 캠페인은 다시 출발하지 못한 채 싱거운 결말을 맞고야 말았다.

고 투 트래블과 하루의 희로애락을 함께한 반년 동안, 나는 '죄송합니다.'의 정중한 표현인 '모우시와케고자이마셍(申し訳ございません).'을 입에 달고 살았다. 회사나 나의 대응이 미흡했을 때는 진심을 다해, 고객의 과실일 때는 약간의 연기력을 얹어 관성적으로. 이 말을 문자 그대로 해석하

면 '유구무언입니다.' 혹은 '입이 열 개라도 할 말이 없습니다.'에 가깝다. '송구스러운 나머지 변명의 여지가 없습니다.'라는 뜻에서 유래했겠지만, 나는 이 문장이 때론 말문이 막히는 상식 밖의 요구에도 고개를 숙여야 하는 내 심정을 대변하는 듯했다. 최대한 애처롭고 비굴한 목소리로 '죄송합니다.'를 반복하는 내 모습이 '타테마에'였다면, 규정을 수시로 바꾸는 고 투 트래블 캠페인 사무국과 어처구니 없는 요구를 계속하는 고객에 대한 나의 '혼네'는 '정말 할 말이 없네요.'였다.

얼마나 더 노력해야 괜찮아질까

> 힘낼게요
>
> 頑張ります

대학교 심리학 수업에서 배운 이상한 연구가 있다. 극심한 우울증 환자는 증상이 약간 호전되었을 때 오히려 자살률이 높아진다는 것이다. 우울증이 깊으면 극단적인 선택을 실행할 기력조차 없지만, 치료를 받다 보면 활력이 생겨 결심을 행동에 옮길 힘이 생긴다는 슬픈 모순. 병과 건강은 1차원 막대의 양극단에 있어, 한쪽에서 멀어질수록 다른 한쪽에 가까워지리라 생각했던 내 인식을 뒤흔든 내용이었다. 그리고 '힘내라.'라는 말의 무용함 혹은 폭력성을 처음으로 감지한 계기이기도 했다.

'힘내.'의 의미는 직관적이다. 그 말을 들은 사람이 세포 하나하나에서 에너지를 끌어 모으려 애쓰는 모습이 연상된다. 한때 콩글리시의 오명을 썼지만 2020년 당당히 표준어에 등재된 '파이팅' 역시 투지가 가득하다. 영어로 투쟁심을 뜻하는 '파이팅 스피릿(fighting spirit)'에서 유래했다고 하고,

일본인이 '파이트(fight)'를 '화이토(ファイト)'라고 외치던 데서 전해졌다고도 한다. 어찌 됐든 둘 다 상당히 호전적인 의미라, 듣고 나면 상대가 누구든 죽기 살기로 싸워야 할 것만 같다.

일본어에서는 비슷한 표현으로 '간바레(頑張れ)'가 있다. '간바레'의 원형인 '간바루(頑張る)'도 파이팅처럼 출처가 명확하지 않다. 눈을 부릅뜨고 지켜본다는 뜻의 '간바루'가 '한 자리에서 꼼짝 않는다'라는 의미로 변형되어 지금에 이르렀다는 설, 그리고 자신의 주장을 밀어붙인다는 뜻을 가진 '가오하루(我を張る)'가 축약됐다는 설이 그나마 유력하다. 콜센터에 다니며 매니저와 면담을 하거나 선배에게 조언을 받을 때, 나는 늘 '힘낼게요.'라는 의미에서 '간바리마스(頑張ります).'를 외치며 밝게 대화를 마무리하곤 했다. 사실 기운이 다 빠진 상태였으니, 힘내겠다는 말은 어불성설이었다. 그래도 '하던 일을 하며 일단 자리를 지키겠다.'라는 의미에서 '간바리마스'는 거짓말이 아니었다.

코로나19와 함께 일상생활이 어려워진 세상에는 '힘내세요.'라는 말이 범람했다. '노력하겠다.'라는 말이 현재에 만족하지 않는다는 통렬한 자각에서 나오듯, '힘낼게요.'라는 말도 무척 힘이 든다는 고백이다. 맨눈에 보이지 않는 바이러스는 잔인할 만큼 선명한 고통을 몰고 왔다. 각계각층의 사람들이 공통된 원인에서 파생된 슬픔을 나눠 가졌다. 일터가 사라지고 소중한 사람을 잃은 비통함에는 비할 수 없지만, 내 비극은 한국에 있는 가족과 만나지 못하는 단절감이었다.

국경이 닫힌 상황에서 고향인 대구가 코로나19의 온상으로 낙인 찍힌 적이 있다. 한 종교 단체에서 비롯된 집단 감염 탓이었다. 뉴스를 볼 때마다 예순을 훌쩍 넘긴 부모님과 연로하신 조부모님이 걱정되어 견디기 어려웠다. 자유롭게 바다를 건널 수 있을 때까지 모두가 건강하시기만을 바라고 또 바랐다. 다행히 집안 어른 중 누구도 바이러스에 감염되지는 않았다. 그런데 얄궂게도 가장 정정하던 친할머니가 암 판정을 받았다. 나이가 믿기지 않을 정도로 매끄러운 피부와 꼿꼿한 허리, 건강한 무릎을 자랑하던 할머니는 항암 치료를 거듭하면서 낯선 얼굴로 변해 갔다. 고통의 흔적이 역력한 표정을 보면 '제가 한국에 갈 때까지 힘내 주세요.'라고 떼를 쓰기도 죄송했다. 평소에 살가운 손녀 딸도 아니었고, 바쁜 일상을 핑계로 자주 귀국하지도 않았다. 그러나 안 가는 마음과 못 가는 마음 사이에는 천국과 지옥만큼의 차이가 있음을, 코로나19를 계기로 똑똑히 배웠다.

그늘진 얼굴을 숨기지 못한 채 출근을 하면, 일터에서

는 모르는 이들의 끊임없는 요구가 나를 기다렸다. 하필 고투 트래블 캠페인의 갑작스러운 중단 탓에 불만이 무차별적으로 쏟아지던 시기였다. 근무 시간이 종료되고 나면 한 무리의 사람들이 밟고 지나간 것처럼 마음이 너덜너덜했다. 심신이 온전한 상태였다면 아무리 힘든 전화를 받아도 동료에게 하소연하거나, 퇴근 후 맛있는 음식이라도 먹으며 넘겼을지 모르겠다. 하지만 정리 해고의 충격과 한국에 돌아가지 못하는 답답함으로 금이 간 가슴은 모진 몇 마디 말에 속절없이 무너졌다.

우울의 늪에 서서히 빠져들어 가는 느낌을 어떻게 표현해야 할까. 처음에는 그저 오늘도 무사히 지나가기를 바라며 깊은 한숨으로 하루를 시작하는 정도였다. 업무용 컴퓨터를 끄면서 가슴을 쓸어내리고 나면 본래의 나로 돌아올 수 있었다. 그런데 언제부턴가 침대에 누웠을 때 내일이 온다는 사실이 두려워 눈물이 났다. 아침에 눈을 뜨면 피하고 싶었던 하루가 기어코 시작됐다는 절망감에 또 울음이 터졌다. 몇 주가 지나자 아예 잠을 이루지 못했다. 술이나 운동으로 몸을 괴롭혀 겨우 눈을 감아도 새벽에 몇 번이고 깼다. 편두통이 심해져 업무에 집중할 수 없어 병원에서 수면제를 처방받았다. 아무리 먹어도 살이 빠졌고, 수면제를 참아도 온종일 멍했다. 동료와 이야기할 때 어제 일조차 제대로 떠올리지 못했으며, 가만히 앉아 있어도 쓰러질 듯 힘들었다.

이렇게 매달 스스로를 갉아먹는 대가로 월급을 받아 연명하는 것이 무슨 의미가 있을까. 삶 자체가 허무하게 느껴지자, 뉴스에서 들리는 극단적인 선택이 남 일 같지 않았다. 누군가 스스로 목숨을 끊었다는 기사를 읽으면 '어째서'라는 안타까움보다 '어디서,' '어떻게'라는 질문이 불쑥 튀어나왔다. 멀쩡하게 산책을 하다가도 멀리 익숙한 빌딩이 보이면 꼭대기에서 뛰어내리는 상상이 불현듯 뇌리를 스쳤다. 삶은 반복되는 고통이고, 죽음이야말로 확실한 해방이자 치유라는 위험한 발상에도 여러 번 사로잡혔다. 어느 평화로운 휴일에 TV를 보며 깔깔 웃다가 나도 모르게 '지금처럼 즐거울 때 죽었으면 좋겠다.'라고 혼잣말을 뱉고서 흠칫 놀란 적도 있다. 어두운 시기를 통과하는 사람에게 죽음은 인생에서 가장 힘든 순간이 아니라 태풍전야처럼 불안하게 평화로운 날 더욱 간절해지는 것이었다.

지금 돌이켜 보면 아찔할 뿐 아니라 비상식적이기까지 한 의식의 흐름이었다. 그러나 한 번 우울한 사고 회로에 갇히면 빠져나오기가 쉽지 않았고, 그 끝은 언제나 생으로부터의 도피였다. 집 근처에 있는 정신건강의학과나 심리 상담 센터의 문을 두드리고도 싶었지만, 외국어로 감정을 표현하는 일은 상상만 해도 진이 빠졌다. 한국인이 운영하는

스물의 나를

시설도 있겠지만, 후기를 검색하고 예약하는 일이 성가시게 느껴졌다. "너무 힘들면 그만둬."라는 남편의 걱정 어린 말에는 "나만 이런 것도 아닌데 뭐."라며 얼버무렸다. 평소 같지 않은 태도를 눈치챈 매니저가 "제가 도울 일이 있으면 언제든지 말씀하세요."라고 손을 내밀어도 번번히 "아니에요. 제가 더 힘낼게요."라며 뒤로 물러났다.

　뜻밖에도 구원은 회사로부터 찾아왔다. 2021년 1월 일본 정부의 2차 긴급사태 선언으로 콜센터가 한가해지자 회사는 일부 상담원을 다른 업무에 투입했다. 한국어와 영어를 구사할 수 있어서인지 나는 콘텐츠 팀에 파견되어 외국어 홈페이지 개선 프로젝트를 함께하게 되었다. 기간은 한 달. 방대한 양의 단어나 표현을 번역하거나 감수하는 단순 노동이었지만, 지루하기는커녕 의욕이 샘솟았다. 다른 직원보다 작업이 더딘 날에는 쉬는 시간까지 아껴 가며 몰두했다. 그러다 문득 깨달았다. 나는 원래 이런 일을 좋아하던 사람임을.

　일본 유학 시절부터 콜센터에 들어오기 전까지, 여러 업체에서 프리랜서 번역가로 일하며 영상 자막이나 홈페이지와 앱 등에 올라온 다양한 콘텐츠를 번역하고 감수했었다. 수입이 들쭉날쭉해 취업을 선택했고 유일하게 나를 받아 주었던 콜센터에 들어왔지만, 어쩔 수 없이 나는 말보다는 글이 편했고, 고객의 주관적인 잣대에 맞춰야 하는 전화 상담보다는 뚜렷한 가이드라인이 있는 문서 작업이 체질이었다. 고객이 보게 될 외국어 홈페이지 개선에 직접 기여한다는 사실도 보람찼다. 전화나 매장 방문보다 온라인 예약이 많다 보니 사이트의 표기나 번역 오류를 지적하는 고객을 종종 만나곤 했다. 상담원으로서는 관련 부서로 의견을 전달하는 게 전부지만, 콘텐츠 팀에 있는 동안에는 직접 아쉬운 부분을 수정할 수 있어 성취감도 들었다.

무엇보다 성격이 제각각인 고객을 상대하다가 감정 없는 데이터를 다루게 되니 긴장과 불안이 눈에 띄게 줄었다. 아침에 일어나는 일이 덜 버거웠고, 입가에는 간간이 미소도 지어졌다. 남편도 하루를 부담 없이 시작하고 마무리하는 나를 보며 안심하는 눈치였다. '매일 이런 일을 하면서 살면 얼마나 좋을까.'라는 바람이 서서히 피어났다.

그런데 갑자기 예약률이 오르고 콜센터가 바빠지면서 약속한 기간의 반도 지나지 않아 프로젝트가 조기 종료됐다. 마음의 준비도 못 한 상태에서 다시 상담 업무에 내던져지자 스트레스는 배가 됐다. 그런데 2주 동안 경험한 환경의 변화가 내게 용기를 불어넣었는지, 나는 새로운 결정을 내릴 수 있었다. 가만히 앉아 우울에 침잠하는 대신 콜센터를 그만두기로 다짐했다.

신기한 경험이었다. 그동안 나는 대안이 없다는 이유로 퇴사를 망설이고 있었다. 험난한 구직을 반복할 자신도 없었고, 2년에도 미치지 못하는 근속 기간이 내 짧은 인내심을 드러내는 듯해 부끄러웠다. 하지만 한 번 결단을 내리니 이 모든 이유는 변명이 됐다. 어차피 소속된 직장이 있으니 밑져야 본전이라는 태도로 새 일자리를 알아보면 그만이었다. 더군다나 이력서에나 남을 근속 연수보다는 당장 내 육체와 정신의 안녕이 더 중요하지 않은가.

콜센터를 나가기로 결심한 날, 나는 1년 반 동안 방치해 둔 링크드인의 상태를 '구직 중'으로 변경했다. 상담원 생활을 시작하며 두 번 다시 펼칠 일이 없기를 바랐던 이력서도 하루 만에 업데이트를 마쳤다. 구인 사이트를 탐색한 지 두 달쯤 지났을까. 한국인을 필요로 하는 사무직 공고를 발견했다. 콜센터보다 보수는 낮았지만, 감정 노동에서 벗어날 기회였다. 이력서를 보내고, 휴가를 내 면접을 치렀다. 그리고 한 달 뒤, 무사히 고용 계약서를 손에 쥘 수 있었다.

520일간의 콜센터 상담원 생활은 그렇게 갑작스레 끝났다. 그동안 내게 위로가 되기도 하고 상처를 주기도 했던 고객의 말을 고스란히 남긴 채.

3장

고객의 말

일기일회

一期一会

고마워요

ありがとうございます

정말 무책임하네요

本当に無責任ですね

제가 이상한 건가요

私がおかしいですか

일본인 바꿔 주세요

日本人に代わってください

야, 너

君、お前、あんた

목소리로 만나는 인연

일기일회

一期一会

즐겨 찾던 카페에 모바일 오더가 처음 등장한 날의 충격을 기억한다. 기술의 발전보다 놀라웠던 것은 주변인의 발 빠른 적응력이었다. 계산대 줄을 우아하게 지나 미리 주문해 둔 음료를 픽업하는 친구를 볼 때는 신인류를 목격한 듯 경외감마저 일었다. 놀이공원에 돈으로 살 수 있는 우선 탑승권이 있다면, 바깥세상에서는 디지털 기기를 다루는 능력이 그만한 힘을 발휘하는 게 아닐까. 그런 생각을 하니 머리가 복잡해졌지만, 나는 친구가 음료를 가져오자마자 그건 어떻게 하는 거냐고 눈을 반짝이며 물었다.

몇 년이 지난 지금은 모바일 주문은 물론 무인 키오스크마저 생활의 자연스러운 일부로 자리 잡았다. 하지만 여전히 누군가는 당시의 나처럼 신문물 앞에 당황하고 있음을 안다. 시시각각 발전하는 기술을 따라가려면 미리 축적된 경험이 필수다. 그렇다면 몇십 년 일찍 태어나 아날로그 시대에 오래 머문 이들에게는 시작부터 불리한 싸움 아닌가.

내가 근무한 콜센터의 주 고객도 연배가 높은 편이었다. 젊은 세대는 온라인 예약이 능숙하기도 하고, 문제가 생겨도 전화보다 이메일이나 채팅, SNS를 선호해서다. 그러다 보니 가끔은 내가 맡은 업무가 여행 상담인지 인터넷 교습인지 헷갈리기도 했다. 예를 들면 이런 문의를 받을 때다.

이메일 써 본 적 없는데요.: 고객이 겪고 있는 홈페이지나 앱 에러를 상담원이 확인할 수 없으면, 캡처한 화면을 이메일로 보내 달라고 부탁한다. 이메일을 전송하는 방법은 설명하기 어렵지 않지만, 스크린샷 촬영과 파일 첨부는 제법 난도가 높다.

글씨가 너무 작아서 안 보여요!: 여행 상품의 특성상 여러 옵션과 선택 사항, 규정 등 다량의 정보가 한 페이지에 표시된다. 불편을 끼친 데 사과하고, 화면을 확대하는 다양한 방법을 알려 드린다.

인쇄할 줄 모르는데 영수증은 왜 안 부쳐 주는 거예요?: 안타깝게도 온라인 예약 시 영수증은 우편으로 배송하지 않고 PDF 파일만 제공한다. 집에 프린터가 없다는 한 고객에게는 가까운 편의점에서 인쇄하는 법까지 안내해야 했다.

엄밀히 따지면 여행사 업무도 아니고, 상담원은 주어진 시간 내에 한 통이라도 전화를 더 받아야 실적이 올라가기에 "담당 업체에 문의하세요."라고만 대답하는 동료도 있다. 여기에 옳고 그름은 없다. 상담원도 고객이 사용 중인 서비스나 기기를 일일이 파악하기 어렵기 때문에 잘못된 안내를 할 바엔 아예 하지 않는 편이 안전하기도 하다. 그렇지만 회사 서비스를 이용하기 위해 필요한 과정이라면, 나는 능력이 닿는 만큼은 안내해야 직성이 풀렸다.

눈꺼풀이 유난히 무겁던 어느 오후, 나른함을 깨운 어르신의 호통도 모바일 예약에 관한 애로 사항이었다. "전화 주셔서 감사합니다."라는 인사가 채 끝나기도 전 간사이 억양이 짙은 할아버지의 격양된 목소리가 날카롭게 꽂혔다.

"쓰지도 못하는 쿠폰은 왜 자꾸 보내는 거야!"

나이 많은 분의 반말에는 익숙해졌지만 고함은 아무리 들어도 적응되지 않는다. 그저 재빨리 숨을 들이켜면서 마음의 갑옷을 덧입는 게 상책이다. 그리고 고객의 분노가 쿠폰 사용의 어려움에서 기인했는지, 아니면 원치 않는 메일링 서비스에서 기인했는지 재빨리 파악해 해결책을 제시해야 한다. 쓰지도 '않는' 쿠폰이 아니라 쓰지도 '못하는' 쿠폰이라는 표현을 보아, 전자일 가능성이 높았다.

"고객님, 불편을 끼쳐 죄송합니다. 쿠폰이 제대로 적용되지 않는다면, 제가 한번 살펴봐 드려도 될까요?"

"그래, 아가씨가 좀 해 줘 봐."

다행히 정답이다. 사연을 들어 보니, 분명 이메일로 모바일 앱 전용 할인 쿠폰을 받았는데, 결제 후 요금이 그대로라는 것. 할인 행사에서 제외되는 상품도 있지만, 분명 쿠폰을 쓸 수 있는 상품이었다. 쿠폰 오류라면 문제가 복잡해지기에 각오를 단단히 다졌다. 그러고는 혹시나 하는 생각에 질문을 드렸다.

"고객님, 그런데 결제 페이지에서 쿠폰 코드는 입력하셨나요?"

"입력하는 데가 없던데?"

"지금 휴대폰으로 확인해 보니 정상적으로 표시되는데, 혹시 모바일 앱이 아닌 모바일용 홈페이지를 보고 계시나요?"

"아니, 그 두 개가 달라?"

시스템 문제가 아님에 안도하며, 모바일 앱은 어떻게 설치하는지, 쿠폰 코드는 이메일 어디에 있는지, 그리고 결제 페이지에 어떻게 붙여 넣는지 30여 분간 차근차근 안내해 드렸다. 일반 요금으로 예약하신 상품도 다행히 무료 취소가 가능했다. 그제야 기분이 풀리셨는지, 처음에는 듣지도 않았던 내 이름을 물어보셨다. 한국 출신이고 콜센터에서는 '리'라고 불리고 있다고 대답하자, 매섭던 기세가 봄볕처럼 누그러졌다. 고집스럽고 퉁명하던 목소리가 자상한 노신사처럼 바뀌는 마법 같은 순간이었다.

"아이고, 그런데 일본어를 그렇게 잘해? 실은 나도 한국인인데……."

일본 이름을 쓰고 있어서 눈치채지 못했는데 재일 교포셨던 모양이다. 오랫동안 고향 땅을 밟지 못해 우리나라 말은 다 잊어렸지만, 향수는 오히려 짙어진 듯했다. 자세한 사정은 몰라도 목소리에서 추측되는 연령이나 일본식 이름을 쓰시는 것으로 보아 한국인에 대한 차별이 극심한 시대를 살아 내신 게 틀림없었다. 예상치 못한 상황에서 한국인을 맞닥뜨린 반가움에서였을까. 그분은 마치 헤어진 손녀딸과 상봉이라도 한 듯 내 나이가 몇인지, 결혼은 했는지, 학교는 어디 나왔는지, 일본 생활은 힘들지 않은지 숨 가쁘게 질문하셨다. 당신이 자라던 시절에는 한국인이 제대로 된 일자리를 구하기 쉽지 않았다며, 일본에서 유학하고 취업까지 하다니 대단하다고 기특해하셨다. 요즘은 주변에서도 드라마니 가수니 한류가 난리라면서 신기하고 들뜬 기색도 감추지 못하셨다. 쉼없이 이어지는 이야기를 더 듣고 싶었지만, 통화가 더 길어지면 매니저의 경고를 받을 것 같아 한편으로는 조마조마한 심정이었다. 그러다 타이밍을 보고 던진 마무리 멘트.

"고객님, 그럼 제가 더 도와드릴 부분은 없을까요?"

"없어, 없어. 늙은이가 귀찮게 했는데, 친절하게 이것저 것 알려 줘서 고맙네. 또 전화해서 아가씨를 찾으면 통화할 수 있을까?"

안타깝지만 상담원 지명은 받지 않는다고 양해를 구하 며, 그래도 언젠가 또 인연이 닿았으면 좋겠다는 인사를 덧 붙였다. 그러자 아쉬움이 뚝뚝 묻어나는 그분의 한마디.

"이치고이치에 같은 거구면."

"정말 그렇네요."라며 태연히 통화를 마무리했지만 생 전 처음 듣는 표현이었다. 찾아보니, 한자로 일기일회(一期 一会), '인생에 단 한 번뿐인 만남'을 뜻하는 사자성어였다. 다도에서 유래한 표현으로, 다회를 열 때는 다시없을 소중 한 자리로 여겨 성심성의껏 임해야 한다는 의미라나. 짧은 서평을 통해 일본의 어느 고급 료칸의 모토가 이치고이치에 이며, 도쿄 한 호텔의 와이파이 비밀번호가 'ichigoichie'라 는 사실도 알게 됐다.

종료 버튼을 누르고 기계적으로 통화 기록을 작성하면 서도, 나는 한동안 그 말의 여운 속을 헤맸다. 그렇지. 한 건 의 문의가 해결되고 나면 같은 고객과 두 번 연결되는 일은 좀처럼 없지. 정말이지 이치고이치에는 상담원과 고객의 관 계를 절묘하게 함축한 말이었다. 신입 교육에서 강사가 강조한 말이 떠올랐다.

"상담원이 매일 받는 수십 통의 전화가 고객 한 명 한 명에게는 회사의 이미지를 좌우하는 중대한 경험입니다."

그때는 서비스업 종사자의 매너리즘을 방지하기 위한 고리타분한 전략이라고 생각했다. 그런데 내가 상사의 눈치를 보고 콜 수를 희생하면서까지 컴퓨터 선생님 노릇을 포기하지 못하는 이유가 바로 여기에 있었다. 젊은 사람에게는 당연한 스마트폰이나 인터넷 사용이 어려워 수화기를 든 어르신을 만나면, 내게 온 한 통의 전화가 이분에게는 일대의 구원이 아닐까 싶은 착각에 빠지는 것이었다. 열심히 설명드렸을 때 돌아오는 칭찬이 콜센터 생활에 결여된 보람을 채워 주었음도 부정할 수 없다.

요즘도 디지털 소외층에 관한 뉴스를 접할 때마다 일본 어딘가에 계실 재일 교포 할아버지가 떠오른다. 다음 전화를 받느라 그분의 반가움을 온전히 받아들이지 못한 일이 못내 아쉽다. 행여 우연히 어디선가 마주쳐도 알아볼 수 없겠지만, 부디 지금도 정정하게 나들이를 다니고 계시기를 바란다. 상담원과 고객은 아무리 오랜 시간 이야기를 나눠도 서로의 얼굴조차 모르는 사이다. 그래서 통화 내내 모진 이들과의 만남은 그토록 치가 떨리다가도, 내게 한 번이라도 다정했던 누군가와의 헤어짐은 이토록 애틋한가 보다.

상담원을 보듬는 따뜻한 한마디

> **고마워요**
>
> ありがとうございます

일본 번역사에 길이 남을 일화가 있다. 소설가 나쓰메 소세키가 자신이 가르치던 영어 교실에서 한 학생이 "I love you."를 "사랑해."라고 번역하자, 일본인 정서에 맞지 않는다며 "달이 아름답네요."라고 고쳐 주었다는 이야기다. 연모하는 이의 얼굴을 탐스럽고 환한 달에 빗댄 걸까, 아니면 함께 밤하늘을 바라볼 수 있는 은밀한 관계에 대한 은유일까. 증거가 될 만한 문헌이 없어 항간에 떠도는 전설에 가깝지만, 확실히 일본어의 감정 표현은 우리나라 말보다 간접적인 경향이 있다.

　일본어 감사 표현 중 하나인 '아리가토우고자이마스(ありがとうございます).'도 그렇다. 한국어의 '고맙습니다.'나 '감사합니다.'는 단어 자체가 감사의 뜻을 내포하지만, 이 표현은 '몹시 희소하다.'라는 뜻인 '아리가타시(有り難し).'가 변형된 말이다. 1002년경에 쓰인 수필 「마쿠라노소우시(枕草

子)」에서는 이 말이 세상에 존재하기 어렵거나 사소한 흠조차 없어 그냥 지나칠 수 없다는 의미로 쓰였다. 그러다 12세기 이후 불교가 널리 퍼지면서 당연해 보이는 일에도 감사해야 한다는 종교적 표현으로 사용되었고, 이후 고맙다는 표현으로 굳어졌다는 것이다.

　한국어로든 일본어로든 고맙다는 말은 언제 들어도 기껍고 어여쁘다. 특히 콜센터 상담원으로 일하며 고객에게 듣는 '고마워요.'는 유난히 각별하게 다가온다. 고객이 큰 의미 없이 예의를 차리려 건넸다 해도, 그 말은 팍팍한 일상을 어루만져 주는 힘이 된다. 마땅히 해야 할 일을 했을 때 듣는 감사 인사도 물론 황송하다. 그런데 회사나 상담원이 실수를 저질렀는데도 고맙다는 말을 빼놓지 않는 고객은, 오랜 시간이 지나도 희석되지 않는 진한 감동을 남긴다.

　출장을 위해 비즈니스 호텔을 예약한 중년 남성 고객이 있었다. 전화를 받고 예약 정보를 확인하니, 호텔 측의 오버부킹으로 객실에 묵을 수 없게 된 무척 난감한 상황이었다. 매일 판매할 수 있는 방 개수가 한정된 호텔은 언제나 만실을 목표로 영업을 한다. 그래서 당일에 예약을 취소하거나 나타나지 않는 '노쇼' 고객을 고려해 보유 객실보다 조금 더 많은 예약을 받는 관행이 있다. 만약 다른 타입의 객실이라도 남아 있으면 업그레이드해서 제공할 수 있지만, 모든 객실이 찼다면 호텔을 옮기는 수밖에 없다. 이럴 때는 최대한 가까운 호텔의 더 비싼 객실을 수배해 같은 가격에 머물도록 하고, 필요하다면 교통편도 제공한다. 물론 고객이 이를 사양한다면, 전액 환불 조치와 함께 소정의 보상금으로 대신하기도 한다.

하지만 보상과 상관없이 여행사를 믿고 예약한 고객으로서는 얼마나 황당한 일인가. 하물며 업무를 위해 예약한 이 고객은 미팅 장소나 부대 시설 등을 고려해 까다롭게 호텔을 선택했을 것이다. 신사적인 중저음의 목소리로도 황당함과 불만이 감춰지지 않았다. 당연한 반응이었다.

"아니, 이런 법이 어디 있죠? 분명히 예약하고 결제까지 마쳤는데 방이 없다는 게 말이 됩니까?"

"고객님, 정말 죄송합니다. 호텔에서 오버부킹을 받았고 공교롭게도 만실이라 몇 번이나 확인했지만 투숙하시기 어렵다고 합니다. 대신 가까운 대체 호텔을 추천해 드려도 괜찮을까요?"

"아니, 제가 예약한 건 다른 호텔이 아니라니까요!"

"고객님께서 신중하게 고르신 호텔 객실을 제공해 드리지 못하게 된 점 진심으로 사과드립니다. 제가 고객님 입장이라고 해도 정말 황당하고, 화가 날 만한 상황입니다. 최선을 다해서 만족하실 만한 숙소를 찾아드리겠습니다. 정말 죄송합니다."

그렇게 10여 분간 사과를 반복하자, 고객은 화가 살짝 누그러진 듯했다. 결국 기존 숙소에서 걸어갈 수 있는 거리에 있는 다른 호텔에서 묵기로 했고, 내 권한이 허락하는 최대한의 보상을 제시했다. 고객의 점잖은 태도에 안도하며 끝까지 고개 숙여 사과하는 수밖에 없었다. 그러자 그는 예상치 못한 마지막 한마디로 나를 미소 짓게 했다.

"솔직히 아가씨 잘못은 아닌데, 너무 뭐라고 해서 미안해요. 열심히 응대해 줘서 고맙고요."

나라면 같은 일을 당했을 때 상담원의 기분을 살필 수 있을까. 내게 피해를 입힌 회사 직원에게 미안하고 고맙다는 말을 덧붙일 수 있는 인품이 놀랍기만 했다. 딱히 심한 말을 듣지도 않았지만, 화를 내서 미안하다고 사과한 고객도 그가 처음이자 마지막이었다.

기억에 남는 다른 고객은 채팅으로 상담한 직장인 여성이다. 채팅 상담은 고객의 목소리를 직접 듣지 않아도 되므로 감정 소모가 덜한 편이다. 그래서인지 전화보다는 채팅을 선호하는 상담원이 많다. 하지만 외국인인 나는 타이핑 속도가 원어민보다 현저히 느리고, 비문과 오타가 채팅창에 그대로 남는 것이 부끄러워 전화를 선호하는 편이었다. 매니저도 채팅을 희망하는 원어민을 우선했는지, 다행히 내 차례는 잘 오지 않았다.

그런데 그날은 유난히 채팅이 몰렸는지, 갑자기 채팅을 받아 달라는 매니저의 지시가 떨어졌다. 긴장된 손으로 참가 버튼을 눌렀다. 출장비 환급을 위해 회사 이름으로 전자영수증을 발급해 달라는 간단한 의뢰였다. 문의 내용을 보고 안심한 나는 자신만만하게 상담을 이끌었다.

"고객님, 문의해 주셔서 감사합니다. 영수증 발급을 희망하시는 회사 이름을 알려 주시겠습니까?"

그러자 두 줄로 된 답변이 왔다.

"회사 이름은 주식회사 ○○
입니다."

"확인했습니다. 잠시만 기다려 주세요."

나는 첫 줄 전체를 마우스로 드래그해 영수증의 명의 칸에 붙여 넣은 뒤 발송했다. 전자영수증은 이렇게 발급되었다.

"받는 사람: 회사 이름은 주식회사 ○○"

어이없는 실수였다. 보내자마자 "회사 이름은"까지 잘못 붙여 넣었음을 깨닫고 황급히 수정해 재발급한 뒤, 죄송하다고 사과했다. 그랬더니 생각지도 못한 답변이 돌아왔다.

"아니에요. 제가 알아보기 어렵게 써서 죄송해요."

친절하고 너그러운 답변에 무어라 반응할 틈도 없이 갑자기 고객이 채팅방을 나갔다. 아쉬운 마음을 접어 둔 채 다른 문의를 처리하는 사이, 동료 직원으로부터 메시지가 왔다.

"아까 영수증 발급하셨죠? 그 고객분께서 실수로 채팅창을 닫는 바람에 고맙다는 인사를 못 하셨대요. 다음 채팅이 저랑 연결됐는데, 꼭 좀 전해 달라고 하시네요."

콜센터 생활을 하며 심장이 굳고 피가 식는 느낌을 받을 때마다, 나는 이 두 개의 기억을 치료제처럼 곱씹었다. 고객에게는 별일 아니었을지도 모른다. 내게 나눠 준 따뜻한 한마디와 그 말을 전달하기 위해 기꺼이 내준 몇 초 혹은 몇 분의 시간은. 선의를 베푸는 데는 대단한 수고가 들지 않는다. 무심코 건넨 배려 섞인 한마디가 누군가에게는 단비와 같은 위로가 될 수 있다. 그리고 바로 그것이 있어 누군가는 그날 하루, 혹은 더 긴 시간을 너끈히 버티기도 한다.

초보 상담원을 울린 신칸센 고객

> **정말 무책임하네요**
> 本当に無責任ですね

콜센터에 들어와 처음 울음을 터뜨린 날의 기억이 아직도 또렷하다. 오전 조가 퇴근하고 오후 조가 출근하는 어수선한 저녁 시간이었다. 땅거미 진 하늘과 달리 사무실은 형광등 아래 환했다. 그리고 전화를 받기 시작한 지 일주일도 채 지나지 않은 신입이었던 나는 창가 자리에 앉아 눈물을 쏟고 있었다. 옆에서 일하던 동료가 보다 못해 티슈를 건넸다. 쥐구멍에 숨고 싶을 정도로 부끄러웠지만, 한번 터진 눈물샘은 야속하게도 그칠 줄 몰랐다. 20대 사회 초년생도 아니고 웬만큼 직장 생활을 한 서른 넘은 성인이다. 아무리 콜센터는 처음이라도 동료와 상사가 버젓이 보는 앞에서 꼴사납게 코를 훌쩍일 줄은 몰랐다. 처음 사회에 나가 수없이 마음을 다쳤을 때도 사람들이 보는 앞에서 운 적은 없었는데.

사건의 발단은 오전에 들어온 한 통의 전화였다. 업무

목적으로 지방에 자리한 단체 숙소를 예약한 젊은 직장인. 회사 동료를 대표해 장소를 섭외하고 일정을 공지하는 총무 역할을 맡은 듯했다. 그런데 참석하려던 행사가 취소되는 바람에 못 가게 되었다는 안타까운 사연이었다. 요청 사항은 당연히 위약금 면제. 출발일이 코앞이라 이메일을 여러 통 보냈는데도 답장이 없었다는 볼멘소리도 곁들였다.

상품 약관을 확인한 나는 속으로 한숨을 쉬었다. 여행 상품마다 다르기는 하지만 취소하는 날짜에 따라 위약금이 달라지는 경우가 많다. 출발일이 넉넉하게 남아 있다면 결제 금액을 전액 환급받을 수 있지만, 일주일 전부터는 수수료가 20퍼센트, 사흘 전부터는 50퍼센트, 전날이나 당일에는 100퍼센트까지 오르는 식이다. 이런 약관은 주로 여행사가 아닌 교통이나 숙소를 직접 제공하는 파트너사에서 결정한다. 전화한 고객의 경우 처음 이메일을 보낸 시점에 취소했다면 아슬아슬하게 일부 환급이 가능했지만, 전화를 받았을 때는 이미 환불이 불가능한 상태였다. 이메일을 한 통 보내 놓는다고 해서 위약금이 동결되겠는가. 게다가 이메일을 확인하고 답변하는 데 며칠이 소요된다는 사실도 홈페이지와 앱에 버젓이 명시되어 있다. 고객이 약관을 어긴 경우, 여행사에서 임의로 환불할 수 있는 경우는 전쟁과 천재지변에 한한다. 다른 사유에 관해서는 상담원이 파트너사에 사정을 설명하고 따로 위약금 면제 동의를 구해야 한다. 하지만 고객이 이런 사정을 헤아려 줄 리 없다.

"어쨌든 그쪽 대응이 늦어져서 위약금이 높아진 거잖아요. 책임지고 환불하세요."

"기다리시게 한 점은 정말 죄송합니다. 홈페이지에 기재되어 있듯이 이메일을 확인하고 답변 드리는 데는 며칠이 걸리기도 합니다. 위약금 면제 여부는 저희가 결정할 수 없는데, 숙소에 사정을 얘기해 볼 테니 5분만 기다려 주시겠어요?"

아무리 위약금이 100퍼센트 청구되는 기간이라 해도 숙소 주변에 예정된 큰 행사가 갑작스레 취소되었거나, 항공편이 결항되었거나, 고객 신변에 심각한 문제가 발생해 일정을 소화하기 어려운 상황에서는 유연하게 대응하는 파트너사도 많다. 그럴 때는 고객에게 결항증명서나 입원증명서 등 서류를 요구하기도 한다. 하지만 어떤 경우에도 원칙을 고수하거나 날짜 변경만 허락하는 곳도 적지 않다. 어느 쪽이든 답만 내려 주면 고객에게 그대로 전할 텐데, 연결된 남자 직원의 대답은 '기다려 보라.'였다.

"안 그래도 말씀하신 행사 때문에 취소되는 예약이 많아서요. 저희도 검토 중이에요."

"죄송하지만 고객님이 많이 급하신데, 언제쯤 답변 주

실 수 있을까요?"

"오늘 6시까지 연락 드릴게요."

나는 토씨 하나 빼놓지 않고 고객에게 그대로 전달했다. 그렇게 상황을 일단락한 후, 정신없이 다른 콜을 받다 보니 어느새 창밖이 어슴푸레했다. 약속한 6시가 가까워지자, 잊고 있었던 사실이 떠올라 아차 싶었다. 그날 내 퇴근 시간이 6시였던 것이다. 뒤늦은 후회가 몰려왔다. 퇴근 시간이 아니라도 6시 직전에 복잡한 문의에 발목이 잡혀 발신이 늦어질 수 있으므로, 고객에게 '정확한 시간은 약속드리기 어렵습니다.'라는 말을 덧붙였어야 했다. 혹시라도 약속한 시간을 넘겨 버리면 위약금에 대한 불만이 상담원에게로 번질 수 있다. 아니면 파트너사에 6시는 너무 늦으니 시간을 앞당겨 달라고 부탁해 보거나, 고객에게 넉넉히 7시나 8시, 혹은 아예 '오늘 중'에 답변하겠다고 말하는 편이 나았다. 그랬다면 파트너사의 답변을 기다려 전달하거나, 퇴근 시간까지 답이 없으면 오후 조에 인수인계할 수 있었을 것이다. 하지만 불행히도 당시의 나는 요령 없는 햇병아리 상담원이었다.

5시 45분쯤 됐을까. 마침 전화 한 통이 마무리되어 서둘러 파트너사에 연락했다. 다른 직원이 받는 바람에 상황 설명을 되풀이해야 했다. 오전에 통화한 남자 직원의 이름을 대며, 6시까지 답변을 주기로 했다는 약속도 덧붙였다. 그런데 믿고 싶지 않은 답변이 헤드셋을 통해 흘러 들어왔다.

"그 직원은 이미 퇴근했고, 저는 전달받은 내용이 없는데요."

"분명히 6시까지 결정해 주신다고 하셨는데요. 지금이라도 말씀해 주시면 안 될까요?"

"저는 권한이 없어서요. 내일 오전까지 기다리시라고 하세요."

뒤통수를 얻어맞은 기분이었다. 지푸라기라도 잡는 심정으로 직원에게 매달리는 사이, 시계는 어느새 6시 5분을 가리키고 있었다.

'이제 퇴근 시간인데, 매니저에게 상황을 설명하고 고객에게 연락하는 건 오후 조에게 부탁하면 안 될까.'

못된 유혹이 스쳤다. 사실 그런 식으로 일을 떠넘기는 일부 동료 탓에 봉변을 당한 적이 여러 번이었다. 하지만 그들과 똑같은 사람이 되고 싶지는 않았기에, 금세 마음을 고쳐먹었다.

'조금 늦게 퇴근하는 게 낫지. 무책임한 사람은 되지 말자.'

일본 콜센터에 일하는 한국인으로서, 뛰어난 상담원이 되지는 못하더라도 불성실한 사람으로 낙인찍힐 수는 없었다. 학창 시절부터 특출나지는 않아도 주어진 몫은 어떻게든 해낸다는 평가가 내 자부심이자 원동력이었다. 그만큼 나 역시도 자신의 책임을 쉽게 저버리는 사람을 각박하게 대했다. 대학생 시절, 조별 과제에 단 한 번도 얼굴을 내비치지 않은 동급생에게 동료 평가에서 0점을 준 일이 있었다. 당황한 교수님이 따로 불러 재차 확인했을 때도 고집을 꺾지 않았다. 그랬던 내가 고객과 한 약속을 뒷사람에게 미뤄 두고 도망칠 수는 없었다. 차라리 근무 시간을 초과하는 편이 나았다. 하루만 더 기다려 달라는 부탁일 뿐인데, 10~15분이면 충분하지 않을까 싶기도 했다.

"고객님, 연락이 늦어져서 죄송합니다. 숙소로부터 연락이 없어서 다시 확인했는데, 내부 결정이 지연되는 모양입니다. 내일 오전까지는 꼭 답변을 주겠다고 하는데, 조금만 더 기다려 주시겠어요?"

하지만 고객의 반응은 내 예상을 한참 빗나갔다.

"약속한 시간도 못 맞춰 놓고 한다는 말이 겨우 그거예요? 지금 기차역인데 그쪽이 전화를 늦게 하는 바람에 타야 할 신칸센을 놓쳤잖아요. 어떻게 책임질 거죠?"

신칸센은 우리나라의 KTX 역할을 하는 고속철도다. 빠르고 쾌적한 만큼 때로는 비행기보다 비싼 값을 자랑한다. 상상하지도 못한 말에 당황한 나는 사과하기 바빴다. 시간이 조금 지나자 '신칸센 연결 통로에서 통화해도 될 텐데 왜 굳이 타지 않았을까?'라는 의문이 들었지만, 티 낼 수도 없는 노릇이었다. 고객은 더욱 기세등등해졌다.

"제가 안 가고 싶어서 안 가는 것도 아니고, 이메일도 미리 보냈잖아요. 대체 일을 하긴 하는 거예요? 이럴 거면 콜센터가 왜 있는 거죠?"

고객과의 약속 시간을 5분이나 늦는 것은 있을 수 없는 일이라며, 콜센터의 역할과 상담원의 자세에 대한 긴 설교가 이어졌다. 직장 동료를 대표해 여행사를 믿고 예약한 자신이 얼마나 난처해졌는지도 구구절절 설명했다. 파트너사의 결정이 있을 때까지 아무것도 장담할 수 없는 나는, 죄송하다는 말을 반복하는 수밖에 없었다.

"죄송하다는 말밖에 할 말이 없어요?"

"약관 외 환불에 관해서는 저희가 독단적으로 결정할 수 없습니다. 양해 부탁드립니다."

내가 말하는 동안 고객이 옆에 있는 일행에게 상담원이 발음도 이상하고 머리도 나쁜 것 같다며 흉을 보는 소리가 들려왔다.

"정말 무책임하네요. 더 못 들어 주겠으니까 상사 바꿔요."

갑자기 얼굴이 벌겋게 달아올랐다. 심상치 않은 분위기

를 감지한 매니저가 다가왔다. 통화 정지 버튼을 눌러 고객에게 소리가 들리지 않게 한 다음, 상황을 설명했다. 매니저에게 고객이 한 말을 전하다 예고 없이 울음이 터져 나왔다. 매니저도 당황한 눈치였다. 나는 울먹이며 겨우 이렇게 말했다.

"괜찮아요. 그냥 좀 분해서 그래요."

욕설도 성희롱도 아닌 그저 무책임하다는 말이 어째서 그렇게 분했을까. 하지만 분하다는 말밖에 달리 표현할 방법이 없었다. 비록 찰나였지만 오후 조에게 미루고 퇴근하고 싶었던 마음을 들킨 것 같아 부끄러웠고, 책임을 완수하려 잔업도 마다하지 않은 내 노력이 통하지 않았기에 억울했다. 멍청하다거나 일본어가 이상하다는 지적은 견딜 만했다. 본격적으로 전화를 받은 지 며칠 지나지 않아 대응이 어수룩했고, 일본어가 완벽하지 않은 것도 사실이었다. 그런데 무책임하다는 비난은 달랐다. 나는 그런 사람이 아니라고 항변하고 싶었지만 그럴 수도 없는 현실이 비참하게 느껴졌다.

매니저는 익숙하다는 듯 가볍게 내 등을 토닥이며 이렇게 말했다.

"제가 처리할 테니까 얼른 퇴근해요. 뭐, 저도 고객에게 기다리라는 말밖에는 못하겠지만요."

말없이 고개만 끄덕인 뒤 고객과의 통화로 돌아갔다. 울음 섞인 목소리를 들키지 않으려 애쓰며, 매니저가 다시 전화할 거라고 전달했다.

"이번에는 얼마나 기다려요?"

매니저는 호텔과 통화한 내용도 들어야 하니 15분은 필요하다고 답했다.

"알겠어요. 다음 신칸센도 안 타고 꼼짝 않고 기다릴 테니 시간 지키세요."

얼른 가 보라는 매니저의 손짓에 꾸벅 인사한 뒤, 도망치듯 콜센터를 빠져나왔다. 그 고객은 정말 나 때문에 신칸센에 타지 않은 걸까. 몇 번이나 반복했던 "어떻게 책임질 거죠?"라는 말도 정확히 무슨 뜻인지 알 수 없었다. 신칸센 티켓값을 물어내라는 협박이었을까. 숙소 위약금을 전액 환급하라는 요구였을까. 그것도 아니면 나처럼 무책임한 상담원은 콜센터에서 일할 자격이 없으니 그만두라는 조언이었을까. 로맨틱한 장면에서는 퍽 낭만적으로도 들릴 수 있는 "책임지세요."라는 문장이 그렇게 끔찍할 수 없었다.

'도대체 왜'라는 원망도 들었다. 애초에 출장인지 워크숍인지 모를 여행을 계획한 사람은 내가 아니었다. 약속한 6시보다 5분 늦게 전화한 것은 내 불찰이지만, 결제 요금의 일부라도 돌려받을 수 있을 때 바로 취소하는 대신 이메일을 보내고선 손놓고 기다린 고객도 무책임하기는 마찬가지 아닌가.

화장실에서 대충 눈물을 훔친 뒤 건물을 나섰다. 휴대폰을 보니 퇴근 시간이 1시간 반이나 지나 있었다. 덜 마른 눈물 자국에 닿은 바깥 바람이 유난히 시렸다.

상식이라는 이름의 환상

진상이란 말을 함부로 쓰고 싶지는 않다. 우리 모두 인생의 어느 시점에 조금씩은 진상이었으니. 잘 기억나지 않는다면 어린 시절을 돌이켜 보면 된다. 부모에게 '나한테 해 준 게 뭐가 있어?'라며 대들거나, 무리인 줄 알면서 유명 브랜드 옷을 사 달라고 졸랐던 기억이 하나쯤 있지 않을까. 스스로 상식적이라 자부하는 사람도 그날 기분이 좋지 않거나 사소한 오해가 생기면 타인에게 썩 바람직하지 않은 태도를 보이기 쉽다.

하지만 서비스업계에 발을 들인 뒤, 말문을 막히게 하는 일부 고객을 형용할 말로 '진상'만 한 표현이 없음을 깨달았다. 진상은 표준어가 아니다. 표준국어대사전에 검색해도 우리가 사용하는 의미의 정의는 나오지 않는다. 어원으로 추측되는 가장 유력한 단어는 '진귀한 물품이나 지방의 토산물 따위를 임금이나 고관 따위에게 바침'이라는 의미를 가진 명사 '진상(進上)'. 언뜻 보면 완전히 반대되는 뜻이지만, 이 진상을 요구하며 백성의 고혈을 짜냈을 탐관오리들의 행패를 생각하면 고개가 끄덕여진다. 진상도 그런 진상이 없지 않은가. '진짜배기 상놈' 혹은 '상놈 중의 상놈'이라는 비하 발언에서 유래했다는 설도 있다.

서울의 호텔에서 근무하던 시절, 객실 청소를 담당하는 한 직원이 "어떤 손님이 드라이기에 샤워기까지 떼 갔지 뭐야."라며 진상 목격담을 들려주었을 때 나는 그 대담함에 혀를 내둘렀다. 주의를 요하는 고객은 데이터에 'JS'라는 메모를 남긴다는 소문도 들었다. 콜센터에서 일할 때도 한 호텔에서 '이 고객은 예전에 문제를 일으킨 적이 있어 예약을 거부하고 싶다.'며 전화를 건 일이 있었다. 진상 리스트, 혹은 블랙 리스트는 국적을 불문하고 존재하는 모양이었다.

진상이라는 단어가 일상적으로 쓰이기 시작한 뒤로는 고객이 먼저 이렇게 물어보기도 한다.

"제가 진상인가요?"

일본에서도 고압적이거나 무례한 태도로 억지 쓰는 고객을 '민폐 고객(迷惑な客)'이나 '싫은 고객(嫌な客)', 또는 '몬스터 클레이머(モンスタークレーマー)'라고 부른다. 고객들이 '제가 민폐 고객인가요?'라거나 '제가 이상한 건가요?'라고 상담원에게 묻기도 한다. 이런 질문을 하는 심리는 무엇일

고객의
품

까. 자신이 진상이거나 이상한 사람인지 객관적으로 판단해 주기를 원하는 순수한 질문은 아닐 테다. 설령 그렇다 한들, '네, 제가 보기에 고객님은 진상이세요.'라고 단칼에 대답할 상담원이 있을까. 답은 정해져 있다. 고객은 '아닙니다, 고 객님.'이라며 부정해 주기를 바라는 것이다. 나아가 '나는 정 상이니, 여기서 이상한 건 너야.'라고 에둘러 표현하는 건지 도 모르겠다. 어쨌거나 정말 공정하고 합리적인 사람은 상 담원에게 이렇게 묻지도 않을 것이다.

내게 '제가 이상한 건가요?'라고 물어 온 고객 중에 유 난히 인상 깊었던 목소리가 있다. 그 사람의 존재는 전화를 받기 몇 달 전부터 알고 있었다. 다른 상담원의 대응 이력 을 확인하다 우연히 똑같은 메일 수십 통을 발견했기 때문 이다. 자세히 읽지 않으면 스팸 메일로 착각할 만큼 길고 빽 빽한 글자와 저주 편지마냥 군데군데 붉은색으로 강조된 폰 트, 하지만 문장의 앞뒤가 맞지 않아 읽으면 읽을수록 무슨 말인지 알 수 없는 이상한 메일이었다. 나는 어떤 사람이 이 런 메일을 수십 통씩 보내는지 호기심을 품고 말았고, 그 결 과 운명처럼 주인공과 연결된 것이었다.
처음에는 연극배우처럼 우아한 중년 여성 말투에 깜빡 속았다. 약간 작위적이기는 해도 매너 있는 사람인가 보다 안심하며 용건을 물었다.

"전화 주셔서 감사합니다. 무엇을 도와드릴까요?"

"먼저 제가 보낸 메일부터 읽어 주시겠어요?"

고객이 불러 주는 주소와 예약 정보로 문제의 이메일을 찾았다. 그리고 클릭하자마자 나는 속으로 '아뿔사'를 외쳤다. 바로 그 의문의 메일이었다. 쉽지 않은 통화가 되리란 불길한 예감이 온몸을 휘감았다.

"네, 보내 주신 이메일 찾았습니다."

"한번 소리 내 읽어 보세요."

자신이 보낸 이메일이 맞는지 확인해야겠다는 요청에 때 아닌 낭독회가 열렸다. 일본어를 한 자라도 틀리면 큰일 날 것 같아 집중해서 읽었지만, 의미 없는 단어의 나열에 불과했다. 가만히 듣던 고객이 이제 됐다며, 물어보지도 않은 자기소개를 시작했다. 대부분 자랑이었다. 우리나라로 치면 SKY급인 일본 명문대를 졸업하고, 지금은 미국 아이비리그에서 유학하고 있다나. 나는 적당히 장단을 맞추기로 했다.

"네, 정말 대단하시네요."

내 반응이 석연치 않았는지, 갑자기 자신은 영어가 편하니 영어로 대화하자고 제안했다. 이메일 낭독에 이은 영어 회화 시간. 일본 콜센터에서 일하고 있지만, 나는 일본어보다는 영어가 유창한 편이다. 종종 일본어가 서툰 외국인이 전화를 걸면 영어로 응대하곤 했기에 자신 있게 상담을 이어 갔다.

"이메일은 읽었지만, 고객님의 문의를 정확히 이해했는지 확신이 없어서요. 죄송하지만 조금 더 자세히 설명해 주실 수 있나요?"

그러자 고객이 당황하며 "여기는 일본이니까 아무래도 일본어가 좋겠어요."라고 말을 바꾸는 바람에 영어 회화 시간은 조기 종료됐다. 역시 아이비리그는 허풍이었던 걸까.

이런 우여곡절 끝에 다다른 본론은 의외로 간단했다. 여행사에서 멋대로 자신의 카드를 결제했으니 돈을 돌려 내라는 요구였다. 그런데 확인해 보니 고객의 예약은 하나같이 결제조차 되지 않은 채 취소된 상태였다. 대부분의 여행 상품은 예약 즉시 결제가 진행되지만, 약관에 따라서는 출발일이 가까워져서 청구되는 상품도 있다. 이 고객은 바로 결제하지 않아도 되는 상품을 예약하고 취소하기를 반복하며, 번번이 환불해 달라며 이메일을 보내거나 전화를 걸어 상담원을 괴롭히고 있었던 것이다.

"고객님, 말씀하신 예약은 결제가 이뤄지기 전에 무료로 취소되었으니 걱정하지 않으셔도 됩니다."

"그렇게 말할 줄 알았어요. 다른 상담원도 다 저를 이상한 사람 취급하더라고요. 내 친구 중에 이름만 대면 알 만한

IT 회사에 일하는 사람이 얼마나 많은지 알아요? 그 사람들도 이 홈페이지에 문제가 있다고 얘기했어요."

혹시 무언가 놓친 게 있을까 싶어 다시 한번 꼼꼼히 예약 이력을 살폈으나, 요금이 청구된 흔적은 전무했다. 결제 오류는 결제가 시도되었을 때 발생한다. 전산상의 문제로 중복 결제가 이뤄지거나 결제가 실패하는 등의 문제는 드물게 본 적이 있다. 그럴 때는 결제 이력에 에러 코드가 표시되므로 상담원이 무언가 잘못되었음을 알아챌 수 있다. 그렇지만 이 고객의 결제 이력은 티 하나 없이 깨끗한 백지 상태였다. 고객이 언급하지 않은 다른 예약이 존재하거나 다른 명의로 상품을 결제했을 가능성도 있다. 그렇다고 해도 돈이 빠져나갔다는 고객의 말만 듣고 입금할 수도 없는 노릇이었다.

"고객님, 송구하지만 청구 사실을 증명할 수 있는 서류 없이는 더 진행이 어려울 것 같습니다."

더 이상 콜센터에 연락하지 못하도록 담판을 짓고 싶어 더 강경하게 나갔다. 고객은 요지부동이었다. 자신이 불리하다 싶으면 학력과 인맥 자랑을 줄줄이 늘어놓다 결정적인 순간에 "제가 이상한 건가요?"라는 질문으로 내 말문을 막히게 했다. 나는 집중력이 흐트러져 고객의 말을 끊거나, 한숨 쉬거나, 말실수를 하지 않기 위해 극도로 조심했다. 그렇게 1시간 가까이 이어진 통화를 기다리다 못한 매니저가 무슨 일이냐며 메시지를 보냈다. 고객의 독백이 이어지는 동안 상황을 설명하는 답변을 보냈다. 콜이 밀렸으니 먼저 끊어도 된다는 허락이 떨어졌다. 고객 동의 없이 상담원이 통화를 종료하는 예외적인 상황이었다.

"죄송하지만, 현재로서는 더 안내해 드릴 부분이 없습니다. 다른 고객분들이 기다리셔서 이만 실례하겠습니다."

당황한 그의 외마디 비명을 무시한 채 종료 버튼을 눌렀다. 하지만 전화가 끝난 후에도 "제가 이상한 건가요?"라고 묻는 그의 목소리가 환청처럼 귓가에 맴돌았다.

콜센터에 일하며 다양한 진상을 접했지만, 이토록 진지하고 고상한 말투로 황당한 주장을 펼치는 고객은 처음이었다. 그동안 접한 진상은 속이 훤히 들여다보였다. 가장 흔한 타입은 상담원의 말은 듣지도 않은 채 고래고래 소리를 지르는 윽박형. 당연히 유쾌하지는 않지만 감정을 실컷 표출하도록 내버려두면 이내 이성을 되찾기 마련이다. 누구나 SNS를 하는 요즘은 블로그에 녹취나 상담원 실명을 공개하겠다고 엄포를 놓는 인플루언서형도 종종 만난다. 예전에는 콜센터에 찾아오겠다는 협박이 더 많았다고 하는데, 격세감이 느껴진다. 잘못한 일이 없다면 이런 고객에게 겁먹을 필요가 없다. 실제로 내 이름을 알려 준 적이 몇 번 있는데, 아무리 포털 사이트나 유튜브에 검색해도 결과가 나오지 않았다. 가장 치 떨리는 유형은 역시 상담원의 직업과 성별, 나이, 국적 등을 비하하는 인격 모독형. 사람이 이렇게까지 무례하고 악랄할 수 있구나 싶어 서글퍼지지만, 이런 고객은 대체로 에스컬레이션을 요구하기에 후련하게 보내 준다. 범죄에 가까운 유형도 있다. 여행을 다녀온 뒤 신용카드의 '차지백(charge back)' 제도를 악용해 결제를 취소하는 먹튀형이나, CCTV 확인 결과 애초에 가져오지도 않은 물건을 분실했다고 보상하라는 한탕형. 이런 케이스는 회계나 법률 팀으로 넘어가므로 직접 응대하지는 않는다.

　모두 하나같이 내 머리로는 이해할 수 없는 기행이지만, 원하는 바를 파악할 수는 있었다. 그런데 "제가 이상한 건가요?"라고 되묻던 그의 목적은 아무리 생각해도 물음표가 느낌표로 바뀌지 않는다. 수시로 전화해 말도 안 되는 논리로 상담원을 한 시간 가까이 붙들 만한 이유가 대체 무엇이란 말인가. 정말 카드사로부터 출처를 알 수 없는 요금이 청구되어 의심 가는 모든 회사에 문의하는 걸까. 아니면 단순히 자신의 배경이나 영어 실력을 뽐낼 상대가 필요한 걸까. 딱히 행패를 부리지는 않았지만, 실적이 중요한 콜센터 상담원과 같은 시간 상담원 연결을 기다리고 있었을 고객에게는 분명 진상이 맞다.

한국어로든 일본어로든 '이상하다(おかしい)'라는 말은 보통과 다름을 의미한다. 그런데 일반적이지 않다고 해서 무조건 틀렸다고는 볼 수 없다. 게다가 '정상'이 무엇인지 누가 정의 내릴 수 있을까. 콜센터에서 일하는 내내 사무친 단 하나의 진리가 있다면, 지구라는 행성에는 정말 다양한 사람이 있고, '보통'의 정의 또한 제각각이라는 사실이다. 그러니 그들을 전부 이해하려 들어선 안 된다. 어차피 그들도 나를 다 이해하지 못할 테니. 내 기준에 누군가가 비상식적이라면 그 사람의 눈에는 내가 비상식적일 가능성이 크다. 우리는 각자 다른 방식으로 조금씩 이상하고 어긋나 있지만, 어떻게든 부대끼며 살아간다. 어쩌면 상식은 어린 시절 산타클로스처럼 눈에 보이지는 않지만 모두가 존재한다고 믿으며 안도하는 환상은 아닐까. 그렇게 생각하니 "내가 이상한가요?"라고 묻는 고객에게 천연덕스럽게 대답할 수 있었다.

"절대 그렇지 않습니다, 고객님."

외국인 상담원이라는 무기 혹은 약점

일본인 바꿔 주세요

日本人に代わってください

우리나라 콜센터에 전화했는데 억양이 부자연스러운 외국인 상담원이 받는다면 어떨까. 평소 가진 철학이나 경험에 따라 다를 것이다. 외국인이 낯설지 않은 사람은 대수롭지 않게 여길 수 있겠다. 요청만 잘 처리되는 한 국적은 상관없다고 생각할 것이다. 한국어가 유창한 외국인을 처음 만난 누군가는 마냥 신기한 나머지 문의 사항은 제쳐 두고 한국에는 얼마나 살았는지, 우리나라 말은 어떻게 배웠는지 물어보지 않을까. 타지 살이의 버거움을 잘 아는 이는 왠지 모를 애틋함에 평소보다 호의적으로 상담원을 대할지도 모른다. '이 사람이 과연 내 말을 잘 알아들을까?'라는 의심을 도무지 떨칠 수 없는 누군가는 조심스럽게 한국인 상담원을 찾을 수도 있겠다.

내가 일본 콜센터에 근무하며 만난 현지인의 반응도 각

양각색이었다. 전화가 연결되면 상담원은 가장 먼저 자신의 성을 밝힌다. 우리나라와 달리 일본에서는 이름보다는 성이 변별력 있고, 업무적으로 만난 관계에서는 굳이 이름을 부르지 않기 때문이다. 나와 연결된 고객은 어김없이 이런 인사를 들었다.

"전화 주셔서 감사합니다. ○○여행사의 리가 받겠습니다."

우리나라 발음으로는 '이'씨지만 '리'가 어감이 더 좋지 않냐는 선배의 말에 '리'라고 소개했다. 어느 쪽이든 일본인이라면 단번에 외국인임을 알 수 있는 성씨이지만 사실 고객은 상담원의 이름에까지 귀 기울이지 않기 때문에 이 단계에서는 외국인임이 잘 들통나지 않는다. 설사 내 성을 얼핏 들었다고 해도, 일본 성씨인 '모리'나 '호리'라고 넘겨짚는 사람이 더 많다. 그래서인지 마지막에 "상담원분 이름이 뭐라고요?"라고 물었을 때 다시 대답하면 "외국인인 줄 몰랐어요."라고 놀라곤 한다. 내 일본어 실력이 뛰어나서라기보다는 외국인이 콜센터에서 일하리라고 상상하지 못해서일 테다.

하지만 통화가 길어지거나 아직 입에 붙지 않은 문장을 쓰다 보면 위화감이 감지되기 마련이다. 변명 같지만, 성인이 되어 시작한 외국어는 웬만한 재능과 노력이 있지 않는 한 원어민과 똑같은 발음과 억양을 구사하기 어렵다. 일본인 동료의 녹취를 들으며 따라하고, 스크립트를 달달 외우거나 내 목소리를 녹음해 보기도 했지만, 모든 원어민 고객을 속이기엔 역부족이었다.

다행히 고객 중 열의 아홉은 내 국적을 문제 삼지 않았다. 오히려 장점으로 작용할 때가 더 많았다. 외국인임을 알고 나면 "일본에는 얼마나 사셨어요?" 혹은 "중국인이세요, 한국인이세요?" 물으며 무해한 호기심을 드러내는 이가 대다수다. 우리나라 드라마나 가수에 관해 나보다 해박한 한류 팬을 만나면, 잠시 사담을 나누는 사이 분위기가 화기애애해지기도 한다. "일본어 정말 잘하시네요.", "일본 생활 힘내세요."라고 기운을 북돋아 주는 고객도 있다. 상담을 마친 고객을 대상으로 하는 만족도 평가에서 "외국인인데도 일본어로 열심히 상담해 주셔서 감사했습니다."라는 코멘트를 받은 적도 있다. 내가 외국인이라 일부러 후한 점수를 준 고객도 적지 않았을 것이다.

하지만 빛이 있으면 그늘도 있는 법. 방패인 줄 알았던 외국인 신분이 아킬레스건이 되는 것도 순식간이다. 내 일본어가 형편없어서 고객에게 불안감을 조성했다면 할 말이 없다. 그렇지만 일부 고객은 자신의 요구가 관철되지 않을 때 상담원의 기분을 상하게 하려고 일부러 이렇게 시비를 걸었다.

"이봐요, 일본에서는 이럴 때는 '알았습니다.' 하는 거예요. 일본어 다시 배우세요."

"억양이 이상해서 못 알아듣겠는데?"

"여기 일본 콜센터 아닌가요? 왜 외국인이 받는 거죠?"

언어를 알려 주는 척하며 듣고 싶은 대답을 유도하거나, 내가 한 말을 다 이해하고도 일부러 모욕감을 주거나, 외국인과 대화해야 한다는 사실에 노골적인 불쾌감을 드러내는 고객. 원어민에 비해 부족한 일본어는 내 콤플렉스였기에 이런 말을 들을 때마다 가슴이 철렁 내려앉았지만, 통화를 무사히 끝내려면 어떻게든 정신을 가다듬고 대화를 이어 가야 했다.

일본어를 지적하는 사람에게는 우선 "일본어가 부족해서 죄송합니다."라고 담담히 사과하거나 되레 "알려 주셔서 감사합니다."라고 받아친 후, 다른 표현으로 같은 말을 반복해 설명했다. 남을 무시하는 행동은 자신감이 아닌 열등감에서 나오는 법이다. 그래서 상담원이 먼저 저자세로 나오면 흡족해하며 넘어가기도 한다. 왜 외국인이 일본 콜센터에서 일하냐고 따지는 고객에게는 "외국어 능력이 필요한 직무다 보니 인력을 채우기 위해 외국인도 고용하고 있습니다."라고 솔직하게 대답했다. 질문이 품은 악의는 의도적으로 무시한 채.

최악의 멘트는 바로 이거다.

"외국인이랑은 할 말 없어요. 일본인 바꿔 주세요."

상담에 실수가 있었다면 어쩔 수 없지만 도무지 들어줄 수 없는 무리한 요구라 완곡히 거절했을 뿐인데 국적을 걸고 넘어지는 악의적인 고객이다. 절차상 상담원 변경은 크게 어렵지 않다. 하지만 수백 명의 상담원과 통화한다 한들 매뉴얼은 하나이므로 다른 상담원이라고 고객의 부당한 요청에 응할 리 없다. 결국 문제 해결에 걸리는 시간만 지체될 뿐이다.

같은 콜센터에 근무하는 다른 외국인 상담원과도 이야기를 나눠 보니, 다들 나와 비슷한 고민을 품고 있었다. 많은 동료가 에스컬레이션을 피하기 위해 "상담원은 모두 국적에 상관없이 같은 매뉴얼에 따라 안내하고 있습니다."라며 설득해 본다고 했다. 그래도 외국인은 무조건 싫다는 고객은 방법이 없다고 입을 모았다. 이름은 외국식이지만 일본에서 나고 자란 한 동료는 이런 고백을 했다.

"저는 일본어밖에 못하는데, 이름만 듣고 일본인으로 바꾸라고 하면 황당해요."

그 말을 들으니 내 국적이나 언어의 문제가 아닐지도 모른다는 생각이 들었다. 고객이 외국인과의 상담을 거부하는 바람에 내 손에서 벗어난 통화 기록을 확인해 보았다. 일본인 상담원으로 바꿨다 한들 상담이 원활하게 진행된 케이스는 거의 없었다. 고객이 다른 꼬투리를 잡았기 때문이다. 상담원의 말투가 기분 나쁘다거나, 남자라서 혹은 여자라서 싫다거나, 더 높은 사람을 부르라거나 하는 요구가 이어졌다. 처음에는 이런 고객에게 상처를 받기도 했지만, 내가 아닌 그 사람 심보 탓임을 깨닫자 마음이 한결 편해졌다.

　동시에 한국인으로서 외국인을 바라보는 내 시선도 다시 한번 점검하게 됐다. 말끔한 외모와 화려한 스펙을 갖춘 외국인이 TV에 나와 유창한 한국어를 뽐내면 대단하다고 감탄했다. 많은 언어 중에 한국어를 선택한 데에 왠지 모를 고마움과 뿌듯함까지 느꼈다. 그런데 식당이나 편의점에서 외국인 직원이 내 주문을 잘 알아듣지 못했을 때의 표정도 그만큼 따뜻했을까. 일본에서 여행객이나 유학생이 아닌 외국인 노동자로 지내며 차별을 겪고 나서야, 내 안에 숨은 이중 잣대도 눈치챌 수 있었다.

　고객 입장에서 일본인 상담원과 외국인 상담원이 결코 같을 수는 없다. 하지만 나와 함께 일한 외국인 동료들은 결코 일본인에 비해 업무 능력이 떨어지거나 일을 대충하지 않았다. 오히려 언어적 결함을 만회하고자 더 성심성의껏 상담에 임했다. 그런 노력과 성실함이 국적보다 더 먼저 눈에 띨 수는 없을까.

호칭에서 드러나는 인격

> 야, 너
>
> 君、お前、あんた

몇 년 전 친오빠가 결혼할 사람이라며 소개한 새언니는 말 그대로 새로 생긴 언니이자 내 든든한 독자다. 그런데 아무리 이름을 불러 달라 해도 한사코 고집하는 '아가씨' 소리는 여전히 낯간지럽다.

내게도 도련님이 있다. 남편의 하나뿐인 동생이자 나와 동갑내기인 그는 배울 점이 많은 사람이지만, 호칭이라는 벽에 가로막혀 말을 걸기가 어렵다. '도련님' 하면 나이 지긋한 운전기사나 가사 도우미가 재벌가의 아들에게 쩔쩔매는, 드라마에서 보던 장면이 어쩔 수 없이 연상되어서다. 아직 미혼인 그가 결혼 후 '서방님'으로 바뀔 상상을 하면 벌써 아찔하다. 나는 서방님 하면 가수 이소은이 부른 동명의 노래가 떠오른다. "서방님 내 서방님 용서하세요. 허락하려 할수록 소녀는 우스워질 테니."라는 애절한 후렴구를 가진.

명절마다 불거지는 호칭 논란에 국립국어원에서는 도

런님과 아가씨 혹은 처남, 처제 대신, 이름에 '씨' 자를 붙이는 방안을 제시했다. 성격 좋은 남편의 동생 역시 내게 도련님이라고 부를 필요 없다고 했다. 그렇지만 새언니처럼 옛날식 호칭을 수용할 아량도, 그렇다고 이름을 부를 배짱도 없는 나는 여전히 그를 부를 때마다 갈팡질팡한다.

　호칭은 관계를 규정한다. 연인이나 부부, 단짝 친구는 둘만 아는 특별한 애칭을 만들어 친밀감을 표현한다. 공적인 자리에서 윗사람은 아랫사람의 이름을 부르는 경향이 있지만, 아랫사람은 윗사람의 직함에 깍듯하게 '님' 자를 더한다. 대리님, 과장님, 부장님처럼. 사회생활을 처음 시작했을 때, 직함이 없는 사람의 이름을 부르기 송구스러워 'ㅇㅇ 사원님' 혹은 선배님이라고 부르기도 했다.

　호칭의 불평등은 서비스업계에서 더욱 두드러진다. 그 저변에는 고객이 직원보다 우위라는 인식이 깔려 있다. 호텔 브랜드 리츠 칼튼의 창시자 세자르 리츠는 "고객은 절대 틀리는 법이 없다(le client n'a jamais tort)."라는 신조로 운영에 임했다고 한다. 널리 쓰이는 '손님은 왕이다.'라는 말도 바로 리츠 칼튼 정신에서 비롯했다고 전해진다. 일본에서는 여기에서 한 걸음 더 나아가 '고객은 신(お客様は神様)'이라고 추앙한다. 엔카 가수인 미나미 하루오가 자신은 노래를

부를 때 신에게 기도드리는 심정으로 임한다며, 청중을 절대자에 빗댄 데에서 유래했다.

　신을 모시는 성스러운 태도까지는 아니지만, 콜센터 상담원도 고객을 부를 때 가장 높은 존칭인 '사마(様)'를 쓴다. '고객님'을 뜻하는 '오캬쿠사마(お客様)'가 가장 일반적이고, 고객의 이름을 알게 되면 성 뒤에 '사마'를 붙이기도 한다. 또 서비스업계에서 쓰는 말투는 일반적인 존댓말보다 훨씬 공손하다. 단순히 '해드리다(致す)'가 아닌 '시킴을 받다(させて頂く)'라는, 우리나라에는 없는 독특한 문법이 자주 출몰한다. 고객의 명령을 받들어 모시겠다는 의미일까. 어쩐지 위화감이 느껴지는 이 문법을 활용할 때마다 나는 자존심 따위는 사치인 상담원의 위치가 실감 났다.

　그럼 고객은 상담원을 뭐라고 부를까? 사람마다 천차만별이었지만, 대다수의 점잖은 시민은 아예 부르지 않거나, 감사하게도 상담원의 성에 '상(さん)'이라는 존칭을 붙여주었다. '상'은 '사마'보다는 낮은 존칭으로, 우리나라의 '씨'보다는 정중하고 '님'보다는 일상적이다. '오네상(お姉さん)'이라고도 종종 불렸는데, 번역하자면 '언니'나 '아가씨'쯤 되겠다. 끈적한 뉘앙스만 아니라면, 어쨌든 '상'이 붙어 있어서인지 기분이 상하지 않았다.

　들자마자 피곤해지는 말은 2인칭 대명사인 '키미(君)'와

'오마에(お前)', 혹은 '안타(あんた)'. 한국어로는 '야,' '너,' '인마'와 비슷하게 들린다. 친구나 연인 관계에서는 친근한 뉘앙스를 갖지만, 얼굴 모르는 타인에게 사용할 때는 명백히 하대하는 표현이다. 그래서 윗사람에게는 결코 사용하지 않는다.

한번은 호쾌한 목소리의 중년 남성 고객으로부터 이런 전화를 받았다. 전날 저녁, 술을 마시고 실수로 바로 당일 호텔을 예약하는 바람에 생돈을 날리게 생겼다는 것. 술기운이 아직 다 가시지 않은 듯 허탈한 웃음과 약간의 애교까지 섞어 가며 한탄했다. 고객의 심경도 이해되지만, 결제된 예약만 믿고 방을 판매하지 않은 호텔은 또 무슨 죄인가. 취기 탓인지 전화번호 한 자리를 잘못 적는 바람에, 호텔 측에서 당일 전화까지 했지만 속수무책이었다.

"언니, 어떻게 좀 해 주면 안 될까요?"

능청스럽게 웃고 있을 그의 표정이 눈에 선했다.

"고객님, 한번 알아보겠지만, 숙박일이 지난 예약은 아무래도 환불이 어려울 수 있습니다."

명백한 고객 과실이기에 미리 기대치를 낮추고자 한 말이었다. 그런데 '알아보겠다'라는 말은 흘려 듣고 '어렵다'라는 말에 인내심이 다했는지, 그는 단숨에 돌변하며 소리를 질렀다.

"어렵다고? 야, 니가 그러고도 상담원이야?"

상담을 하다 보면 처음부터 반말을 쓰는 고객이 있는 반면, 점잖게 시작했다가 생각대로 대화가 풀리지 않을 때 뜬금없이 말을 놓는 고객도 있다. 그가 나를 '너'라고 부른 순간, '술을 좋아하는 듯한 유쾌한 고객'은 빨리 전화를 끊고 싶은 성가신 인간이 되었다. 그는 예약한 고객이 날짜가 지나도록 나타나지 않으면 여행사든 호텔이든 백방으로 수소문을 하거나 무언가 조치를 취했어야 하는 게 아니냐고 주장했다. 전화번호를 잘못 기입한 자신은 아무 책임도 없다는 투였다. 여행사에서는 이런 경우 환불이 어렵고, 호텔도 손해를 감수하려 들지 않았기에, 나는 고객이 제 풀에 지칠 때까지 거짓 사과로 일관하는 수밖에 없었다.

대학 시절 내내 편의점 아르바이트를 했다는 한 동료는 이런 말을 했다.

"몇 년 지나니까 손님이 들어오는 모습만 봐도 진상인지 아닌지 감이 오더라."

아마도 세상에 불만이 가득한 퉁명스러운 표정이나 다른 손님이 있든 말든 눈곱만큼도 신경 쓰지 않는 거친 행동거지에서 인성이 드러나는 것일 테다. 콜센터 상담원은 고객의 외견을 직접 볼 수 없지만, 상담원을 부르는 방식을 통해 그들의 내면을 어렴풋이 가늠할 수는 있다. 호칭에서는 그 사람이 가진 직업에 대한 인식도 드러난다. 그에게 상담원은 거리낌없이 '야', '너'라고 부르며 반말을 내뱉을 수 있는 사람이다.

세자르 리츠가 활약한 19세기 후반과 20세기 초 유럽에서는 실제로 호텔 이용객의 대부분이 왕족이나 귀족이었다고 한다. 어쨌든 신분과 관계없이 호텔에 들어온 손님이라면 누구든 귀하게 예우한다는 모토가 평민 입장에서 파격적이었을 테다. '고객은 신'이라는 말을 탄생시킨 미나미 하루오도 자신을 보러 온 청중에게 감사를 표하며 자신의 예술 철학을 피력했을 뿐이다. 그 시대, 그 사람들의 경영 원칙이나 철학이 지금까지 적용될 순 없다. 특히 거의 모든 이들이 각기 다른 장소에서 의뢰인, 손님, 고객 들을 만나며 일하는 시대라면 말이다.

불행히도 나는 나와 생각이 다른 이들을 여럿 만났다. 고객과 상담원의 관계로. 고객들은 나를 '야'라고 부르며 반말을 했지만, 상담원은 아무리 화가 나도 고객을 '너'라고 부를 수 없다. 호칭을 선택해 누군가와의 관계를 정의할 수 있는 위치는 일종의 권력이다. 수화기 맞은편의 상대가 동의할 수 없는 힘을 휘두르는 것을 들으면서, 언제든 내가 권력을 갖게 된다면 가장 먼저 그 권력이 과연 합당한지 고민해 봐야겠다고 생각했다.

4장

콜센터를
넘나드는 말

수고하셨습니다

お疲れ様でした

무리하지 마세요

無理しないでください

협력해 주세요

ご協力をお願いします

있는 그대로

ありのままで

안녕

さようなら

헤드셋을 벗던 날

수고하셨습니다

お疲れ様でした

콜센터 상담원을 상징하는 물건은 헤드셋이다. 헤드셋은 업무를 시작하는 순간부터 퇴근할 때까지, 쉬는 시간을 제외하면 한시도 상담원의 머리에서 떨어지지 않는다. 내가 근무한 콜센터에는 책상과 컴퓨터, 로커 등에 각자의 자리가 특별히 지정되어 있지 않아 그날 비어 있는 것을 사용했지만, 헤드셋만큼은 달랐다. 작고 가벼운 검은색 헤드셋은 콜센터에서 유일하게 내 이름표를 붙일 수 있는 사무용품이었다.

입사에서 퇴사까지 520일간의 여정을 함께한 내 헤드셋에는 작은 사연이 있었다. 교육을 마치고 현장에 데뷔한 바로 다음 날 아침, 출근해 보니 전날 보관함에 잘 넣어 둔 헤드셋이 한쪽 스펀지를 분실한 채 바닥에 나뒹굴고 있었다. 아마 지각 위기에 처한 누군가가 급히 보관함을 뒤지다가 생긴 불상사였던 것 같다. 아무리 찾아봐도 떨어진 스펀지가 보이지 않아 그대로 착용해 봤지만, 고객의 목소리가 제대로 들리지 않았다. 어쩔 수 없이 담당 직원에게 부탁하니, 귀찮다는 듯 "다음부터 잘 간수하세요."라며 귀덮개보다 훨씬 큰 스펀지를 던져 주고 갔다. 약간 헐렁하기는 해도 못 쓸 정도는 아니었기 때문에 1년 반 가까이 군말 없이 짝짝이 스펀지를 귀에 걸고 지냈다.

며칠이 지나니 그 상태에 익숙해져 양쪽 스펀지가 다르다는 사실조차 잊고 지냈다. 그런데 퇴사일이 확정되자 그 볼품없는 모양새가 새삼스레 눈에 들어왔다. 마음은 반쯤 떠난 채 몸만 겨우 자리를 지키는 예비 퇴자사와 겹쳐 보였던 걸까.

새로운 직장으로부터 합격 통보를 받자마자 나는 지체 없이 퇴사 사실을 알렸다. 최소한 30일 전에 통보해야 한다는 사규를 의식해 출근하지 않는 날이었는데도 매니저에게 전화를 걸었다. 그리고 오랫동안 품고 있었던 말을 입밖으로 꺼냈다.

"갑작스럽게 죄송하지만, 이번 달을 끝으로 퇴사하고 싶어요."

"혹시 몸이 안 좋거나 한국으로 돌아가나요?"

"그건 아니고, 다른 회사로 이직하게 되어서요."

"아쉽지만 잘된 일이니 축하해요. 퇴사 절차는 메일로

따로 보낼게요."

콜센터에서 흔하디 흔한 이별이어서일까. 매니저는 예상했다는 듯 덤덤했고, 절차도 순조로웠다. 그동안 쌓인 연차를 소진하고 나니 남은 출근 일수는 고작 나흘. 그동안 다닌 회사였다면 마지막 며칠은 인수인계를 하거나 친한 동료와 점심 약속을 잡으며 느긋하게 보냈겠지만, 콜센터는 달랐다. 실적 압박은 사라졌지만, 퇴사를 앞두고 있다 해서 전화를 거부할 수는 없는 노릇이었다. 어차피 전 직원이 동일한 매뉴얼에 따라 업무를 하므로 인수인계도 필요 없다. 오히려 마지막 순간까지 전화를 하나라도 더 처리하는 것이 회사가 바라는 바였다.

나흘, 사흘, 이틀. 혼자 카운트다운을 하며 숨죽이고 업무를 했다. 내가 퇴사를 앞두고 있다는 사실과는 관계없이 헤드셋 너머의 인간 군상은 여전히 다채로웠다. 전화가 연결되자마자 고성을 내지르는 고객, 상담 내용과 관계없는 개인사를 늘어놓는 고객, 외국인은 믿을 수 없다며 일본인을 바꾸라는 고객까지. 하지만 예전과 달리 무례한 사람에게는 강경한 태도로, 무난하거나 상냥한 사람에게는 정성스러운 태도로 상담할 배짱이 생겼다. '진작 이렇게 응대했다면 스트레스를 덜 받았을까?'라는 부질없는 생각이 들 정도로.

마지막 근무일에는 들뜬 기분으로 컴퓨터를 켰다. 퇴

사를 앞둔 상담원의 대담함을 눈치챘는지, 아니면 콜센터의 마지막 선물이었는지 힘든 문의 하나 없이 하루가 지나갔다. 내심 최후의 한 통은 기억에 남을 뜻깊은 내용이기를 바랐다. 이를테면 고객의 곤란한 상황을 멋지게 해결해 진심 어린 감사를 받는다거나, 우연히 한국인과 연결된다거나 하는 드라마를 기대했다. 수다스러운 고객을 만나면 '사실이 전화가 제 마지막 통화입니다.'라고 슬며시 밝힐까 싶기도 했다. 하지만 퇴근 10분 전에 들어온 전화는 사무적인 말투의 취소 문의였고, 파트너사 직원이 전화를 받지 않아 이메일 한 통을 보낸 뒤 싱겁게 마무리됐다. 그러고는 업무 종료. 더는 전화를 받지 않아도 된다는 안도감이 가슴을 가득 채웠다.

　"지금까지 정말 수고했어요!"
　동료들이 사내 메신저로 보내 준 다정한 인사가 마음을 간지럽혔다. 사람마다 근무 시간이 제각각이다 보니, 퇴근할 때 '수고하셨습니다(お疲れ様でした).'라는 인사를 주고받을 일이 거의 없었다. 다시는 이곳으로 출근할 일이 없다는 사실이 실감 났다. 시제만 바뀌었을 뿐인데, 근무 중에 수시로 주고받던 '수고하십니다(お疲れ様です).'라는 인사와 느낌이 확연히 달랐다. 오늘의 일과가 되돌릴 수 없는 과거가 되

었음을, 그리고 회사 안의 동료였던 내가 이제 회사 밖 타인이 되었음을 못 박는 듯했다.

그동안 말 한마디 제대로 못 나눠 본 동료들도 퇴사 소식을 듣고 축하를 건넸다. 예상 밖이었다. 갑작스러운 정리 해고로 친했던 동료들을 한꺼번에 잃은 뒤로 회사 사람들과 사적인 교류를 피하던 나였다. 식사는 대부분 혼자 해결했고, 동료와 밖에서 만나기는커녕 개인 연락처나 SNS도 잘 교환하지 않았다. 코로나19 탓에 외출이나 모임이 꺼려지기도 했지만, 잊을 만하면 누군가의 퇴사 소식이 들리는 콜센터였기에 섣불리 마음을 주고 싶지 않았던 것이다. 어쩌면 삶에 따뜻한 사람을 들일 기회를 스스로 걷어찼는지도 모르겠다는 후회가 뒤늦게 들었다.

"저야말로 감사했어요. 계속 응원할게요."

일일이 답장을 쓰고, 각별히 신세 진 사람들에게는 따로 감사 메일을 보냈다. 같은 시간에 한 공간에서 있어도 각자 받아야 할 전화가 있어 얼굴을 보고 느긋하게 인사할 수는 없었다. 컴퓨터를 끈 뒤, 말없이 짐을 챙겨 사무실을 나섰다. 근무 중에도 따뜻한 눈인사로 배웅해 주는 동료들이 있어 퇴장이 쓸쓸하지 않았다.

출입구에서 헤드셋을 반납하고 나니 마치 짙은 분장과 무거운 의상을 벗어던진 배우처럼 홀가분했다. 줄곧 도망치고 싶었던 무대에서 해방된 기분이었다. 콜센터에서 일하는 동안, 나는 정해진 대본에 따라 누구보다 상냥하고 이해심 깊은 상담원을 연기해야 했다. 헤드셋을 쓰고 있는 나는 본래의 내 모습과 거리가 멀었다. 평소에는 타인의 일에 쉽게 간섭하지 않는 내가 고객의 마음에 들기 위해 애쓰며 하나라도 더 도울 일이 없는지 끈질기게 물어봐야 했다. 30여 년간 인간관계에서 시행착오를 거듭하며 이제는 나를 함부로 대하는 사람은 곁에 두지 않게 되었지만, 고객의 전화는 먼저 끊을 수가 없었다. 심지어 모욕적인 언사를 들어도 침착하고 상냥한 말씨를 유지해야 했다. 그러니 어떻게 피곤하고 지치지 않을 수 있을까.

"수고했어."

내게도 인사를 해 주었다. 콜센터 상담원이라는 버거운 옷을 입고 520일을 살아 내느라, 비수처럼 꽂히는 고객의 말에 밤잠을 설치면서도 기어코 다음 날 출근하느라, 그리고 내 진심을 절반도 전달하지 못하는 일본어로 먹고사느라, 참 수고 많았다고.

입사한 지 1년 반 만에 사표를 낸 자신이 마냥 자랑스럽지는 않다. 콜센터를 그만두고 선택한 길이 더 깊은 함정을 숨기고 있을지도 모르는 일이다. 하지만 직접 걸어 보기 전까지는 무엇도 장담할 수 없는 법이다. 확실한 것은 내가 인생에서 버거운 일 하나를 해냈다가 지워 냈고, 그 결정이 나를 새로운 곳으로 데려가리라는 사실뿐이다.

도망치는 법을 모르는 당신에게

무리하지 마세요

無理しないでください

진상 고객을 응대하는 일이 게임처럼 느껴진다던 동료가 있었다. 상담원인 '나'는 그대로 있고, 난이도나 공격 스타일, 필살기가 제각각인 상대편 플레이어가 계속 바뀌며 연달아 등장해 맞붙어야 하는 게임. 그래서 유독 상담원을 괴롭히는 고객을 납득시키고 나면 마치 어려운 퀘스트를 해결한 듯 상쾌한 기분이 든다나. 내가 보기에 그는 '멘탈이 강한 사람'이었다. 고객의 가시 돋친 말은 한 귀로 듣고 한 귀로 흘렸으며, 웬만해서는 감정이 동요되는 법도 없었다. 반면 고객의 가시 돋친 한마디에 밤잠을 설치던 나는 상담 중에도 울분을 삭이지 못할 때가 많았다. 어떻게 하면 스트레스를 안 받느냐고 그에게 물어보니, 이런 대답이 돌아왔다.

"스트레스가 없진 않지만, 여행이 죽고 사는 문제도 아니고 오히려 기분 좋은 일이라 그런지 고객도 무난하잖아요?"

고객의 첫 마디가 욕설 아니면 희롱이었다는 살벌한 다른 업계 이야기도 덧붙였다. 그의 말대로 업계를 잘 만나서인지 아니면 단순히 내가 일본어 욕을 알아듣지 못해서인지, 폭력이라 부를 만한 사건은 드물었다. 그러나 고객이 상담원을 무시하거나, 비아냥대거나, 찾아가겠다며 협박하는 일은 다반사였다. 그럴 때마다 나는 감정 없는 인공지능이 되고 싶었다. 어떤 말을 들어도 흔들림 없이 주어진 일을 해낼 수 있도록. 아마 이는 콜센터 상담원이 꿈꾸는 궁극의 경지일 것이다. 하지만 자고 일어나 갑자기 AI 스피커로 변하지 않는 이상, 그런 날은 영영 오지 않을 테다.

'콜센터에 전화만 하면 대체 왜들 그러는 걸까?'

실생활에서 만난 일본인은 하나같이 차분하고 상냥했는데, 콜센터 고객 중에는 신기할 정도로 고집불통이거나 참을성이 부족한 사람이 많았다. 그러다 언젠가부터 자연스레 받아들이게 됐다. 어차피 인간은 사회적인 가면과 본능적인 욕구 사이에 갈팡질팡하며 살아가는 존재라는 사실을. 그리고 평소에 드러내지 않지만 누구에게나 있는 추한 모습을 상담원에게 쉽게 보이고 마는 그들의 사정을.

콜센터에 유독 화난 고객이 많은 가장 큰 이유는 처음부터 고객이 불만을 품은 채로 수화기를 들어서다. 서비스를 아무 문제 없이 사용했다면 애초에 콜센터에 연락할 필요도 없었을 것이다. 결국 고객은 일단 기분이 상한 상태에서 상담원과 연결된다. 게다가 회사는 영업이나 개발 등 다른 부서보다 유독 콜센터에 들이는 비용을 아까워한다. 최소한의 인력만 유지하려니 어쩔 수 없이 길어진 대기 시간도 고객의 짜증을 유발하기 쉽다.

대부분의 고객이 품고 있는, 상담원이 어떤 경우에도 화를 내지 않으리라는 기대도 한몫하는 듯하다. 살면서 스치는 인연 중 이토록 불평등한 관계는 많지 않다. "가는 말이 고와야 오는 말이 곱다."라는 격언은 서비스업계에는 통용되지 않는다. 고객의 험한 말에도 교양 있게 대처해야 하며, 미소 띤 안내에도 욕설이 날아올 수 있다. 물론 요즘은 세 번의 경고에도 고객이 욕이나 성희롱을 반복하면 상담원이 통화를 종료할 수 있게 하는 콜센터도 많다. 그런데 여기에는 맹점이 있다. 전화를 끊으려면 적어도 네 번의 언어폭력을 당해야 하며, 욕과 성희롱이 아니라면 어떤 말도 참아야 한다는 사실이다.

고객이 자신의 얼굴을 노출하지 않고, 마찬가지로 얼굴을 볼 수 없는 상대와 대화한다는 특수한 환경도 무시할 수 없다. 회원 가입된 고객이라면 상담원이 이름이나 개인 연락처를 조회할 수 있으므로 전화 상담은 익명이 아니다. 하지만 서로의 얼굴은 볼 수 없다. 만약 공개된 장소에서 서로를 마주한 채 대화한다면 주변의 시선을 의식해서라도 감정을 여과해 표출하지 않을까. 목소리로만 접하던 상담원에게도 표정과 인격이 있다는 사실을 깨달을지도 모른다.

이런 이유들로, 무례함을 견디는 일은 상담원의 숙명이다. 다행히 인간은 적응의 동물이라 경험이 쌓이면 어떤 말을 들어도 침착히 업무를 완수할 내공이 길러진다. 상처에 무디어진다는 뜻이다. 하지만 괜찮다고 착각하는 순간에도 몸과 마음은 착실히 병든다. 작은 물방울이 축적되면 거대한 바위도 뚫듯, 매일 시퍼렇게 날 선 말을 들으면서 멀쩡하기는 힘들다.

그 사실을 일깨워 준 사건이 있었다.

평소와 다름없는, 굳이 따지자면 평화로운 축에 속하는 근무일이었다. 스트레스성 불면증으로 새벽에 대여섯 번쯤 잠에서 깬 터라 머리가 지끈거리기는 했지만, 쩔쩔맬 정도로 까다로운 전화는 오지 않았다. '오늘은 그래도 무난하네.'라고 안도하며, 위약금을 제대로 보지 못한 젊은 고객의 푸념을 듣던 중이었다. 명백한 고객 과실이었기에, 송구스럽다는 목소리로 약관을 상기해 주어야 했다. 그런데 갑자기 날카로운 고함이 들려왔다. 고객이 "다시는 이용 안 해!"라며 마지막 분풀이를 하고는 전화를 끊은 것이었다. 늘 있는 일이었다. 한숨을 내쉬며 통화 이력을 작성하려는데, 몸에 이상 신호가 감지됐다. 입맛이 없어 제대로 먹지도 않았는데 급체라도 한 듯 손이 떨리더니, 이내 속이 메스껍고 숨이 가빠졌다. 호흡 기관이, 아니 몸 전체가 통제를 벗어난 것 같은 낯선 감각이었다. 자리에서 일어나려는 순간 힘이 풀리며 눈앞이 캄캄해졌다. 정신을 차리고 모니터를 보니 5분쯤 지난 상태. 그사이 온 전화를 보고 허겁지겁 헤드셋을 고쳐 쓰고 나니 신호가 끊겨 있었다. 상담원을 불러도 반응이 없어 고객이 종료한 것이었다. 발신자 정보를 통해 다시 전화를 걸어, 일시적인 오류가 있었다고 둘러댔다. 아무렇지 않게 업무를 이어 갔지만, 통화 연결음이 전보다 무섭게 들렸다.

자연스레 KPI도 하향 곡선을 그렸다. 매니저가 개별 면담을 통해 무슨 일이 있느냐고 물어봤을 때 나도 모르게 솔직한 심경이 튀어나왔다. 전화가 자동으로 연결될 때마다 이번엔 또 무슨 말을 들을지, 또 내 몸이 어떻게 반응할지 예측할 수 없어서 공포를 느낀다고. 그리고 그 말을 뱉자마자 후회했다. 전화받기가 무섭다는 상담원을 어떤 회사가 좋아할까 싶었기 때문이다. 매니저를 안심시키려 "제가 더 열심히 할게요."라며 급히 대화를 마무리하려는 찰나, 매니저의 대답이 한 줄기 햇살처럼 컴컴한 내면을 파고들었다.

"이미 충분히 열심히 하고 있어요. 너무 무리하지 마세요."

솔직히 말해 주어 고맙다는 말과, 상담원을 관리하며 훨씬 심각한 어려움을 호소하는 경우도 많이 보았으니 자신이 도울 일이 있다면 망설이지 말고 이야기하라는 당부도 함께였다.

나를 진심으로 걱정해 주었던 매니저를 떠올리면 결국 퇴사를 선택하게 되어 미안할 따름이다. 하지만 동료의 말대로 콜센터 업무가 끝없는 격투 게임이라면 나의 체력 게이지는 바닥난 상태였다. 그리고 지친 심신이 우울감과 불면증, 식욕 저하와 만성 두통으로 붉은 경고등을 깜빡이고 있었다. 돌이켜 보면 마냥 회피하고 무시하고 싶었던 증상이 고마운 구조 요청이었다. 게임 속 플레이어는 창을 닫지 않는 이상 몇 번이고 되살아나 경기에 임할 수 있지만, 우리의 인생은 한 번뿐이다. 스스로의 마지노선을 모른 채 무리하다 보면 돌이킬 수 없을 만큼 영혼이 부서지기 마련이다. 그런데도 왜 우리는 도망칠 생각을 하지 못한 채 무리하고 마는 걸까.

콜센터를 나온 뒤, 업무 스트레스나 직장 내 괴롭힘으

로 극단적인 선택을 내렸다는 뉴스를 보면 아는 사람 일인 양 목이 메었다. 개개인이 감당하고 있을 절망의 무게와 가슴 아픈 사연을 감히 가늠할 수는 없다. 하지만 회사 생활이 자꾸만 자신을 생의 절벽에서 밀치는 기분이 든다면, 그리고 나를 괴롭히는 문제의 해결이 요원해 보인다면, 그대로 당하기보다 도망쳐 나오라고 말하고 싶다. 삶이 아닌 일을 먼저 포기함으로써 세상에 한 번 더 기회를 달라고. 가족과 친구마저 복에 겨운 소리라 반대한다 해도, 살고자 내린 결정이라면 부끄러워할 이유가 없다. 사람의 생김새가 다르듯, 감당할 수 있는 고통의 종류와 크기도 천차만별이다. 버텨 보려 최선을 다했지만 어쩔 수 없어 포기하기로 결정했다면 후회나 미련 따위 남지 않는다. 그리고 자신의 한계선 가까이에서 고군분투하며 생긴 근력은, 누구도 빼앗을 수 없는 자산이 되어 다음 여정을 도울 것이다.

낯선 땅의 은인들

협력해 주세요

ご協力をお願いします

새로운 나라로 기약 없이 떠나는 데는 다시 태어날 각오가 필요하다. 말 그대로 하나하나 처음부터 배워야 하는 갓난아기 상태로 돌아간다는 각오. 그동안 습득했던 언어나 문화, 지식이 더 이상 소용없어지고 누군가의 도움 없이는 살아갈 수 없게 된다는 점에서 그렇다.

일본이라는 나라에 처음 발을 디딘 것은 대학교 2학년 가을이었다. 일본 대학에 영어 수업이 우후죽순 생겨나던 시절, 도쿄 소재의 한 사립 대학에 교환학생으로 선발된 것이었다. 아침저녁을 포함한 기숙사비와 항공료까지 제공하는 파격적인 조건. 새로운 경험에 목 말랐던 나는 일본 문자인 '히라가나'와 '가타카나'도 모른 채 용감하게 참가를 결정했다. 그동안 영어 과외로 모은 돈과 평소에 받는 용돈으로 충분히 생활할 수 있으리라고 순진하게 생각했다. 그런데 세상 물정에 어두운 학생답게 간과한 사실이 있었다. 때는 2008년 글로벌 금융위기가 도래한 직후였다. 원화와 엔화 환율이 1600엔을 웃돌고 있었다. 한국에서 송금한 돈의 가치가 거의 반토막 나자 자판기 물 한 병조차 마음 편히 살 수 없었다. 입국하자마자 위기감에 짓눌린 나는 기숙사에서 제공하는 끼니로 버티며 낯선 도시를 배회했다.

식사가 부실한 탓이었을까, 아니면 예상보다 쌀쌀했던 도쿄의 가을바람이 문제였을까. 기숙사에 짐을 푼 지 일주일쯤 지난 어느 날, 화장을 하려는데 오른쪽 눈이 감기지 않았다. 평소처럼 눈썹을 움직이려 했지만 잘 안 됐다. 뺨도 뻐근하고, 입술의 절반은 마취 주사를 맞은 느낌이었다. 안면신경마비, 이른바 구안와사였다. 하지만 당시 갓 스물을 넘긴 내게 구안와사라는 병명이 익숙할 리 없었다. 그저 일시적인 현상이라고, 자고 일어나면 괜찮아지리라고 믿었다. 마땅한 대책이 없었으니 헛된 희망을 품은 것일지도 몰랐다. 아직 일본에서 건강보험도 가입하지 않았고, 직접 병원을 찾아가거나 의사에게 증상을 설명할 재간도 없었다. 본격적인 수업은커녕 오리엔테이션도 시작하기 전이라 도움을 청할 만한 친구도 없었다. 내가 할 수 있었던 영어와 한국어는 이국땅에서 조금도 쓸모가 없었다. 나는 법적으로는 성인이었으나 일본에서는 제 몸 하나 건사하지 못하는 어린아이에 불과했다. 물 한 모금조차 흘리지 않고 마시기 어려워지자, 나는 결국 부모님께 이실직고한 뒤 한국으로 돌아왔다.

학교 측에는 이메일을 보내 상황을 설명하고, 치료 경과를 보고 다시 연락하기로 했다. 무엇도 확신할 수 없었다. 인터넷으로 검색해 보니 회복 기간은 짧게는 몇 주에서 길게는 몇 개월로 사람마다 달랐다. 나는 기약 없이 나아지기만을 기다려야 했다. 하지만 가장 초조하고 가슴 아픈 사람은 부모님이었다. 한창 꾸밀 시기인 막내딸이 해외에서 돈을 아끼려다 구안와사에 걸리고 말았다는 사실에 얼마나 마음이 아프셨을까. 나는 동서양의 의술을 총동원해 치료에 전념했고, 부모님의 정성 어린 보살핌 덕분에 2주 만에 차도가 보였다. 내게만 보이는 미미한 비대칭을 제외하면 이전과 다를 바 없었다. 오른쪽 얼굴이 자유자재로 움직여지자, 나는 부모님의 걱정에도 불구하고 다시 일본행 비행기에 올랐다.

짧은 기간 동안 그곳에서 받은 인상이 각박하기만 했다면, 교환 프로그램을 포기했을 것이다. 하지만 운이 좋았는지 짧은 기간 동안 경험한 일본 사회는 자급자족이 불가능한 외국인을 위해 따뜻한 도움의 손길을 내밀었다. 입국하던 날, 기숙사 주소만 달랑 들고 내린 철부지 대학생을 위해 푸

근한 인상의 공항 직원이 대신 기숙사에 전화까지 해 가며 교통편을 알아봐 주었다. 그가 건넨 약도에는 환승하는 방법과 예상 도착 시간까지 적혀 있었다. 짐이 많아 기숙사 인근 역에 내려서는 택시를 탔다. 중년의 택시 기사는 목적지 앞에 내린 뒤에도 건물을 찾지 못해 허둥대는 모양새를 백미러로 보고는, 갔던 길을 돌아와 입구를 알려 주었다. 쇼핑몰에 생활용품을 사러 갔다 지갑을 잃어버린 날, 걱정스러운 표정으로 나를 분실물 센터까지 데려가 준 연세 지긋한 청소 직원도 잊지 못한다. 다행히 지갑도 무사히 돌아왔다.

여기서 끝이 아니다. 교환학생 프로그램을 담당하던 상냥한 교직원은 장학금 수령에 필요한 계좌를 개설하기 위해 은행에 동행해 서류 작성을 도와주었고, 한국에서 치료를 받는 동안 놓친 각종 절차도 해결해 주었다. 이름조차 외우지 못한 상태였지만, 옹알이 같은 일본어로 말을 걸면 최선을 다해 맞장구쳐 주던 현지 대학생도 여럿이었다. 한일 관계가 비교적 원만하고 일본에서 동방신기의 인기가 하늘을 찔렀던 덕분일 수도 있겠지만, 그 짧은 기간 동안 친절한 사람만 만난 나는 일본으로 돌아가겠다는 선택을 할 수밖에 없었다.

행여라도 딸이 다시 아플까 주어진 형편에서 최대한 지원해 주신 부모님 덕분에 여느 때보다 건강한 몸과 마음으로 한 학기를 보냈다. 사진으로만 보던 도쿄타워와 지브리 박물관, 아사쿠사 센소지 절 등 유명 관광지도 다니고, 매운 음식을 못 먹는 내게 딱 맞았던 일본 음식도 실컷 즐겼다. 각종 모임에 적극적으로 참여하면서 일본인은 물론 전 세계에서 온 유학생들과 친분을 쌓았다. 그리고 20년간 몰랐던 일본 영화와 드라마, 현대 소설에 단단히 사로잡혔다. 그 덕분에 교환학생 프로그램이 끝날 즈음에는 백지 상태였던 일본어가 일취월장해, 중급 레벨인 일본어능력시험 2급에 합격할 수 있었다. 새로운 문화를 탐미하며 경험의 폭이 확장된 그 시절은, 지금도 내 인생의 황금기로 기억된다.

이 시절의 추억이 아니었다면 서울에서 직장 생활을 하다 다른 나라도 아닌 일본으로 유학을 가지는 않았으리라. 대학원생 신분으로 다시 일본에 도착했을 때는 언어 능력도 삶의 경험치도 향상되어 있었다. 그리고 그럼에도 어쩔 수 없이 낯선 환경에서 곤경에 처할 때마다, 어김없이 누군가 나타나 나를 일으켜 주었다.

대학원에 다니며 전화 통역 아르바이트를 하던 시절, 손님을 위한 시설 안내를 영어로 통역해 달라는 일본인 료칸 직원의 의뢰가 들어왔다. 객실과 레스토랑, 온천에 대한 안내를 통역하는데 처음 듣는 단어가 튀어나왔다. '암반욕

(岩盤浴)'이었다. 따뜻하게 데운 돌에 누워 즐기는 사우나를 일컫는데, 대중 온천을 즐기지 않는 내게는 생소한 용어였고, 영어의 대응어도 알 리 없었다. 당황한 나머지 "암반욕이요? 다시 한번 말씀해 주시겠어요?"라며 호텔 직원의 말을 되풀이하던 찰나, 옆에 앉아 있던 일본인 동료가 메모지에 'bedrock bath'라는 단어를 큼지막하게 써 주었다. 그렇게 위기를 모면한 적이 셀 수 없이 많았다.

콜센터에서도 마찬가지였다. 외국인과는 대화할 가치를 못 느낀다며 일본인을 찾는 고객을 처음 마주했을 때, 모멸감에 떨던 나를 대신해 까다로운 문의를 해결해 준 동료가 있었다. 귀찮은 내색 없이 전화를 받아 주었을 뿐 아니라 함께 분노하며 나를 토닥여 주었다.

"답 없는 인종차별주의자가 한 말은 무시해 버리세요. 같은 일본인으로서 부끄럽네요."

이처럼 단순한 직업의식 이상의 에너지를 기꺼이 나눠 준 그 모든 손길이 타지에서 아이가 된 나를 양육했다 해도 과언이 아니다. 그들 덕분에 나는 일본에 무사히 적응해 살아갈 수 있었고, 지금은 그때의 나처럼 도움이 필요한 사람들에게 작은 힘이나마 보탤 수 있을 만큼 성장했다.

콜센터 상담원이 고객에게 무언가 부탁할 때는 '협력해

주세요(ご協力をお願いします).'라는 표현을 자주 사용한다. 본인 인증을 위해 이메일 주소를 확인해야 할 때, 자꾸 틀리게 말하면서 되레 상담원의 청력을 의심하는 고객에게 이렇게 애원하는 것이다.

"고객님 개인 정보를 위한 절차이니, 모쪼록 협력해 주시면 감사드리겠습니다."

또 고객에게 번거로운 증명 서류나 신청서 제출을 부탁할 때는 "빠른 해결을 위해 협력 부탁드립니다."라며 회유하기도 한다. 아무리 일상적인 단어라도, 한자를 들여다보면 그 의미가 새롭게 다가올 때가 많다. 협력이라는 단어는 화할 협(協)에 힘 력(力)으로 이루어져 있다. 힘을 보태 달라는 뜻이다. 서로의 말에 귀 기울여야만 순조롭게 진행되는 전화 상담은 물론, 고도의 분업화로 타인의 노동에 의지하지 않고서는 의식주조차 해결할 수 없는 현대인의 삶을 관통하는 단어다. 돌이켜 보면 지금까지 내 인생에서 오롯이 내 힘으로 이뤄 낸 일은 많지 않다. 특히 낯선 땅에서 나를 일으켜 준 따뜻한 손길이 아니었다면, 외국어를 사용하며 한 사람 몫을 하는 지금의 모습도 없었을 것이다.

떠나고 나서야 알게 된 것

있는 그대로

ありのままで

서울에서 근무한 호텔 면접을 볼 때, 일본 교환학생 경험에 관한 질문이 나왔다.

"일본에서 문화 차이로 당황한 적은 없나요?"

그런데 아무리 생각해 봐도 먹는 이야기밖에 떠오르지 않았다.

"우리나라에서는 친구들과 외식할 때 여러 가지 요리를 시켜 스스럼없이 나눠 먹곤 하는데, 일본에서는 각자 주문한 요리만 먹거나 공용 식기로 철저히 덜어 먹는 습관이 생소했습니다."

"음, 그래서 어떻게 대처하셨나요?"

낯설고 곤란한 상황에서 후보자가 어떻게 행동하는지 보려고 던진 질문인데, 내가 적절하지 않은 예를 든 듯했다. 당연히 다음 답변도 꼬일 수밖에.

"어…… 그냥 그러려니 했습니다."

재미있으라고 한 말은 아니었는데, 면접관이 일제히 웃음을 터뜨렸다.

그런데 입사 후 펼쳐진 사회생활은 '그러려니'라는 자세로 버틸 수 없었나 보다. 나는 3년 만에 직장을 그만두고 일본으로 도망쳤다. 대학원 합격 통보를 받고도 퇴사를 망설이던 차에 결심을 굳히게 된 계기는 다름 아닌 승진 누락이었다. 연공주의가 강했던 회사라 입사 후 일정 기간이 지나면 입사 동기가 일제히 대리 직함을 다는 분위기였다. 적어도 내 차례가 오기 전까지 수년간, 대리 승진에서는 예외자가 거의 발생하지 않았다. 그런데 소수에 불과했던 탈락자 명단에 내 이름이 포함되어 있었다. 돌이켜 보면 별일 아니지만, 한창 남의 눈을 의식하던 내게는 패배자, 낙오자라는 낙인처럼 느껴졌다. 그리고 바로 다음 날, 대학원에 가겠다며 사표를 제출했다.

돌이켜 보면 늘 인정에 목말라 있었다. 함께 다니면 늘 모두의 주목을 독차지했던 잘생기고 똑똑한 친오빠에 대한 열등감 탓일 수도 있고, 애초에 그릇에 비해 오만한 성향을 타고났는지도 모르겠다. 그래도 성장하는 동안 인정 욕구가 긍정적으로 발현될 때가 많았다. 성적으로 교내에서의 지위가 결정되던 학창 시절, 우등생 타이틀을 유지하고자 먹고

자는 시간을 아껴 가며 공부에 몰두했다. 나보다 등수가 높은 친구들의 이름을 포스트잇에 적어 벽에 붙여 두고서. 고등학교 시절에는 명문대 입학에 목숨을 걸었다. 나의 진정한 관심사나 행복에 대한 고찰보다 이름만 대면 누구나 아는 대학에 들어가는 일이 중요해 보였다. 어른들이 꿈이 뭐냐고 물어보면 학자나 의사, 변호사처럼 누구나 고개를 끄덕일 만한 대답을 내놓았고, 속으로도 그것이 절대적인 성공의 모습이라 믿었다.

하지만 나는 원하는 대학에 입학하지 못했고, 높은 학위나 전문 자격증도 얻지 못했다. 대학을 졸업한 후에도 여전히 확고한 꿈이 없어 취업이라는 보편적인 선택을 했다. 운 좋게 남부럽지 않은 대기업에 합격했으니 이것으로 됐다 싶었고, 그동안 어떤 집단에서든 우수한 편에 속했으니 회사 생활도 열심히만 하면 적어도 낙오되지는 않으리라는 착각에 단단히 취해 있었다. 하지만 3년 내내 실수만 연발하다 대리 승진에서도 낙방하자, 차라리 처음부터 다시 시작하고 싶어진 것이다.

도피를 위한 유학이었다. 그런데 낯선 나라에서 오롯이 혼자 시간을 보내다 보니 서서히 내면에 변화가 일었다. 사실 퇴사 후 한동안은 회사 생활을 더 버티지 못했다는 자책에 괴로웠다. 한때 같은 위치에 있었던 지인이 박사 학위를 취득했다거나 과장으로 승진했다는 소식을 들으면 질투심에 속이 울렁거렸다. 하지만 나를 아는 사람이 거의 없는 해외 생활에 점차 익숙해지면서, 외로움 이면의 자유에 위안을 얻었다.

서울에서 안정적인 일자리를 구한 뒤로, 가족과 주변 사람들은 결혼과 출산에 대한 기대를 은근히 내비치고는 했다. 그들의 기대를 한 번 저버리고 나니, 바라지도 않던 인생 과업에 쫓기는 기분에서도 벗어날 수 있었다. 직장 상사나 거래처 직원으로부터 인사처럼 듣던 "요즘 살 쪘어?"라거나 "관리 좀 해야겠다."라는, 악의는 없을지언정 달갑지도 않은 평가와 조언도 사라졌다. 그러자 다이어트에 대한 강박으로 음식을 지나치게 피하거나, 반대로 폭식 후 구토하던 증상도 수그러들었다. 시간적 여유도 늘었다. 아르바이트를 병행한 대학원 생활도 마냥 한가롭지는 않았지만, 퇴근 후나 휴가 중에도 업무 연락이 끊이지 않고 주말에는 잘 알지도 못하는 회사 사람의 경조사를 쫓아다녀야 했던 시절에 비할 바는 아니었다. 주변 사람에게 나를 증명해야 한다는 압박에서 벗어나 하루를 주도적으로 설계할 수 있게 되니, 본연의 내 모습을 볼 수 있게 됐다.

거창한 자아 탐색은 아니었다. 그저 마음의 물줄기가

흐르는 방향을 따라 행동했을 뿐이다. 과제를 하거나 논문을 쓰지 않을 때는 큰돈 들지 않는 여러 취미에 몰두했다. 한동안 일본 독립 영화에 빠져도 보고, 그림 도구를 사 자취방에서 화가로 변신도 해 보고, 방학이 되면 혼자 다른 도시로 훌쩍 여행을 떠나기도 했다. 그리고 이 과정을 SNS에 빠짐없이 기록하고 공유했다. 무심코 지나칠 수 있는 경험과 감정 변화도 문장으로 전환하는 순간, 그 의미가 뚜렷해지며 생명력을 얻었다. 실타래처럼 얽힌 감정이 정확한 표현을 찾아 차근차근 적어 내려가는 사이 곧게 펴지기도 했다. 글을 통해 세상에 꾸준히 말을 걸다 보니 때로는 문장이 시공간을 초월해 나와 어딘가 닮은 사람들을 찾아 주었다. 독자로부터 얻은 공감의 한마디가 살면서 받은 다른 어떤 칭찬보다 황홀했다.

지금도 내 꿈은 계속 쓰는 것이다. 전업 작가라는 형태나 가시적인 성과보다 행위 자체에 방점을 두었더니 퇴근하고 노트북을 여는 순간 매일 꿈을 이루는 셈이 되었다. 누구도 대신 전할 수 없는 나만의 이야기를 전하고, 나이와 함께 문장이 성숙해지는 삶이 내게는 곧 성공이다. 나만의 독립적인 기준이 생기니 학력이나 연봉, 사회적 지위에 대한 집착이 확연히 줄었다.

책 제목이나 노래 가사에 자주 등장하는 일본어 중 '아리노마마데(ありのままで)'라는 표현을 좋아한다. 따라 하기 쉽고 명랑한 울림을 가진 이 말은 '있는 그대로'라는 뜻으로, 현재의 모습이나 사실을 부정하지 않고 받아들인다는 의미로 주로 쓰인다. 세계적인 인기를 끈 애니메이션 「겨울왕국」 주제곡의 일본어 버전에서 「Let it go」를 대체한 표현이기도 하다. 나는 이 표현이 '그러려니'와도 일맥상통한다고 느낀다. 틀림이 아닌 다름의 문제라면, 그럴 만한 이유가 있으리라 믿고 억지로 바꾸려 들지 않는 포용성. 동시에 자신을 바라볼 때 외부의 시선에 흔들리지 않는 강인함이다.

콜센터에서 일하며 힘든 순간을 견딜 수 있었던 이유도 글쓰기라는 꿈이 있었기 때문이고, 고작 520일 만에 퇴사를 결정한 이유도 내 자신의 한계를 명확히 안 덕분이다. 내게 '아리노마마데'는 사회가 강요하는 삶의 공식에서 엇나가며 불안해질 때마다, 내면의 목소리에 다시금 귀 기울이게 하는 주문인지도 모르겠다.

코로나 시대의 이별

> **안녕**
>
> さようなら

'안녕'이라는 인삿말은 참 재미있다. 만나고 헤어지는 정반대의 상황에서 똑같은 인사를 건넨다. 중의적인 두 글자 안에 만남과 이별은 늘 함께 온다는 진리를 함축한 것 같기도 하고, 맥락을 빼놓으면 '반갑다'라는 뜻인지 '잘 가라'는 뜻인지 알 수 없어 언어유희 같기도 하다. 한자로 풀면 편안할 안(安)에 편안할 녕(寧). 인사를 나누는 순간뿐 아니라 함께하지 못하는 동안에도 편안했기를, 그리고 다시 볼 때까지도 무탈하기를 기원한다는 따뜻한 바람이 느껴진다.

하지만 코로나19가 몰고 온 갖은 이별을 묘사하기엔 '안녕'보다 '사요나라(さようなら)'가 적절해 보인다. 일본식 작별 인사인 사요나라는 '그렇다면'이라는 뜻인 접속어 '사요우나라바(左樣ならば)'가 축약된 말이다. 불가피한 이별 앞에서 체념하듯 고하던 '그렇다면, 이만 헤어집시다.'의 앞부분만 살아남은 것이다. 우회적인 표현 방식과 달리 그 뜻

은 단호하다. 주로 세상을 떠난 고인이나 헤어지는 연인, 또는 오랫동안 보지 못할 친구에게 건네는 말이다. 상사와 부하, 선생과 학생처럼 특수한 관계에서는 일상적으로 쓰이기도 하지만, 대체로 영원한 마침표, 혹은 기약 없는 쉼표를 상징한다.

"콜센터여, 사요나라!"
퇴사 서류에 사인하고 콜센터를 나온 날, 근처 카페에 앉아 창밖으로 사무실을 바라보며 속으로 마지막 인사를 건넸다. 교육을 마치고 처음 전화를 받던 날, 퇴근길 엘리베이터에서 마주친 선배와 나눈 대화가 떠올랐다. 그는 내게 "첫날 어땠어요?"라고 다정하게 물어보았다. 나는 크게 고민하지 않고 "생각보다 힘들지 않던데요."라고 당차게 대답했다. 코로나19로 본격적인 취소 문의가 빗발치기 며칠 전이었다. 매 순간 폭언에 시달릴 줄 알았는데, 그날 응대한 고객 대부분은 상식적이고 심지어 상냥하기까지 했다. 일본어로 고객 문의를 해결한다는 사실도 신기하고 뿌듯했다. 유학 시절 아르바이트를 할 때 '생년월일' 같은 간단한 단어조차 알아듣지 못해 식은땀 흘리던 시절에 비하면 장족의 발전 아닌가. 낮에 콜센터에서 일하며 안정적인 수입을 벌고, 퇴근 후에는 좋아하는 글을 쓰는 꿈같은 삶이 시작된 줄 알았다.

하지만 기쁨은 오래가지 않았다. 몇 개월 후 들이닥친 정리 해고로 그 선배의 얼굴을 다시 볼 수 없게 됐고, 나 역시 520일 만에 콜센터를 나왔으니. 세상이 영영 코로나19의 존재를 몰랐다면, 그래서 상담원으로서 여행업계의 혼란과 고객의 분노를 정면으로 마주할 필요가 없었다면, 나는 여전히 콜센터에서 '생각보다 힘들지 않은' 나날을 보내고 있을까?

콜센터를 그만두면서 나는 지난 5년간 몸담아 온 여행업계에서도 떠나게 되었다. 여행은 내가 가장 사랑하는 취미다. 어린 시절부터 내가 사는 곳과 다른 지리와 환경, 역사가 빚어내는 다채로운 삶의 방식에 줄곧 매료되어 왔다. 타지에서 흡수한 새로운 언어와 문화, 사고방식은 일상에 복귀한 후에도 내 삶을 풍요롭게 하고, 세상에 대한 호기심이 꺼지지 않도록 불을 지펴 주었다. 서울 중심가에 자리한 호텔에서 근무할 때, 스타트업에서 여행자용 번역기를 만들 때, 그리고 여행사 콜센터에 일할 때, 구체적인 일은 달랐지만 언제나 다른 이의 소중한 체험을 돕는다는 사실에 보람을 느꼈다. 그렇지만 콜센터를 그만두기로 했을 때는 코로나19의 장기화로 관광업계의 고용이 위축될 대로 위축된 상태였다. 자연스럽게 여행업계로의 이직은 내 선택지에서 지워지고 말았다.

직장이나 업계를 떠나는 것보다 슬픈 일은 역시 사람과의 이별이다. 코로나19는 내 개인적인 삶에서도 다양한 종류의 상실을 가져왔다. 인연은 귀하고 이별이 흔한 한인 사회지만, 한국과 일본의 왕래가 위축되자 워킹 홀리데이나 어학연수, 취업 등으로 신규 입국하는 한국인은 확연히 줄고, 코로나19가 촉매제가 돼 귀국하는 한국인은 폭증했다.

특히 동갑내기 친구 S의 귀국은 내 안에 적잖은 파동을 일으켰다. 대학원에서 만난 그는 일찍이 일본 생활을 시작해 언어와 관습에 능통하고, 나와 달리 적극적이고 활달한 성격을 지녔다. 세 자매 중 맏이라서인지, 남을 챙기고 배려하는 습관이 몸에 배어 있었다. 신칸센 티켓 발권부터 일본어로 된 연구 계획서 작성까지, 모든 면에서 어설펐던 내게 기꺼이 손을 내미는 그를 어찌 좋아하지 않을 수 있을까. 무엇보다 S는 언제나 옳은 방향으로 가도록 나의 등을 떠밀어 주었는데, 처음 출간 제안을 받고 망설이고 있을 때도, 새로운 직장에 원서를 넣을지 말지 머뭇거리던 순간에도, "재미있겠다. 한번 해 봐!"라는 S의 말에 결심이 서곤 했다. 졸업 후 각자 다른 지역에 취업한 뒤로는 종종 손편지를 주고받았고, 코로나19가 창궐하기 전에는 동남아의 낯선 거리를 함께 누비기도 했다.

타국에서 온전히 마음을 내어 줄 수 있는 친구를 사귀

기란 쉽지 않기에, 나는 내심 S가 나와 같은 나라에, 그리고 가능하면 가까운 도시에 정착하기를 바랐다. 그랬던 그가 10년간의 일본 생활을 정리하고 새로운 도약을 위해 한국행을 선택했을 때, 나는 축하해 주면서도 아쉬움을 감추지 못했다. 고맙게도 S는 귀국 전 마지막으로 내가 사는 곳에 놀러 와 며칠간 함께 시간을 보내 주었다. 공항에서 언제가 될지 모르는 재회를 약속하고 돌아오는 길, 나는 단짝 친구를 전학 보냈던 학생 때로 돌아간 것처럼 눈물 콧물을 쏟아 냈다. 앞으로도 이토록 좋은 인연과 타지에서 인생의 행로가 교차할 기회는 흔치 않을 것이다.

적어도 S와는 귀국 전에 시간을 보내며 이별의 절차를 밟았다. 다시 만나게 되리라는 희망도 있다. 하지만 코로나 시대의 모든 이별이 이토록 자비로울 리 없다. 내가 콜센터에서 깊은 우울에 빠져 있는 동안 암에 걸린 친할머니가 2022년 새해가 밝기 무섭게 눈을 감으셨다. 국경을 자유롭게 넘나들 수 없을 때 가족을 떠나 보내는 일이 얼마나 서러운지 그제야 절감했다. 초등학교와 중학교 시절을 함께 보낸 할머니는 나에게 각별한 존재였다. 누군가 가족 구성원을 소개하라고 하면 언제나 할머니, 엄마, 아빠, 오빠, 그리고 나였다. 경상도 특유의 무뚝뚝함 탓에 애정 표현은 적었지만, 손녀를 아끼는 마음은 행동에서 고스란히 드러났다. 악몽을 꾸고 할머니 방으로 달려가면 새벽에도 따뜻한 품을 내어 주셨고, 아무리 늦은 시간에도 배가 고프다고 하면 흔쾌히 상을 차려 주셨다.

타국에서의 생업 탓에 나의 또 다른 부모였던 할머니의 투병 기간 동안 손 한 번 잡아드리지 못했다. 콜센터를 나온 후에도 자가 격리만 총 한 달을 해야 하는 시대를 탓하며 영상 통화와 메시지로 응원할 뿐이었다. 2021년 말 백신 접종 완료자에게 국내 자가 격리를 면제해 주는 제도를 믿고 비행기표를 끊었으나, 변이 바이러스의 등장으로 무용지물이 되고 말았다. 그리고 얼마 지나지 않아 부고가 날아들었다. 나는 임종도 장례도 지키지 못했다.

당신의 의식이 아직 또렷할 때, 영상 통화가 끊긴 줄 알고 내뱉으신 한마디가 지금도 생생하다.

"쟈는 나이 무도 이쁘네."

그 후로는 전화를 걸어도 목소리를 내지 못하셨기에, '쟤는 나이 먹어도 예쁘네.'라는 말이 내게는 할머니의 유언이 됐다.

나는 지금까지도 할머니의 죽음 앞에 소리 내 흐느끼지 못했다. 눈물 맺힌 눈만 끔뻑이시던 할머니께 사랑한다고 말씀드린 다음 날 소천하셨다는 소식에 놀랄 만큼 담담했다. 실감이 나지 않아서였다. 사진을 통해 빈소를 확인했을 때 울음이 새어 나오려다가도 이내 자취를 감추곤 했다. 할머니의 발인이 이뤄지던 날 아침, 눈을 떴을 때 심장이 몸을 짓누르는 기분이 들었지만 평소처럼 일상을 살았다. 지금도 종종 할머니와의 채팅창을 본다. 영원히 사라지지 않을 내 메시지 옆 숫자 '1'을 보면 그리움이 북받치지만, 역시 내 삶의 그 무엇도 무너뜨릴 정도는 아니다.

나는 당신의 빈자리를 목도하고 소리 내어 안녕을 고한 이후에 비로소 애도를 시작할 수 있을 것 같다. 말은 곧 선언이다. 온전한 문장으로 구성해 말로써 세상과 나 자신에게 공표하는 순간, 모호했던 상황과 감정은 현실이 된다. 할머니의 묘를 찾아가 한평생 다정하게 품어 주어 감사했다고, 만사 제쳐 두고 귀국하지 못해 죄송했다고, 하늘에서 보시기에도 어여쁘게 살겠다고 선언할 때까지, 나는 할머니의 부재를 온전히 수용하지 못할지도 모른다. 그러니 그날이 올 때까지, 눈물을 봉인해 둔 상자를 가슴속에 묻고 사는 수밖에.

사랑하는 사람을 마음대로 볼 수 없는 시대에 가족을 잃고 나서야, 나는 감염병의 직접적인 희생자와 그 유가족이 감당했을 슬픔을 조금이나마 헤아릴 수 있었다. 목숨을 위협하는 사고나 질병, 재해의 위협은 늘 곳곳에 도사리고 있지만, 코로나19는 희생자뿐 아니라 남겨진 이들에게도 지나치게 잔인했다. 팬데믹 초기, 확진자에 대한 낙인 탓에 면회도 가지 못하고 장례마저 약소하게 치른 유가족의 비통함을 어떤 말로 위로할 수 있을까. 아무리 긴 세월이 흘러도 가슴에 아로새겨진 상흔은 사라지지 않을 것이다. 어쩌면 상담원으로 산 520일 동안 가장 '사요나라'를 외치고 싶었던 대상은 콜센터도 진상 고객도 아닌 지긋지긋한 팬데믹이 아니었을까.

코로나19가 지나간다 해도 서로가 서로에게서 거리를 두어야 하는 현실이 언제 다시 닥칠지 모른다. 준비 없이 누군가를 떠나 보내는 '안녕'을 피할 수 있도록 기회가 있을 때마다 곁에 있는 소중한 사람에게 '안녕'을 말해야 한다는 사실. '금방 또 볼 수 있겠지.'라는 생각으로 미룬 만남이 영원히 오지 않기도 한다는 진실. 이것이 코로나 시대의 이별이 우리에게 남긴 가장 큰 교훈일 것이다.

에필로그

상담원으로 일했던 콜센터에 고객이 되어 전화를 거는 어색한 기분을, 경험해 보지 않은 사람은 알 수 없을 것이다. 여행사의 직원이면서 한 명의 이용객이기도 했던 나는, 퇴사후 사원용 이메일을 개인 이메일로 변경하기 위해 콜센터에 전화를 걸었다. 늦은 밤, 잠옷을 입고 침대에 걸터앉은 채로. 연결하고 싶은 부서와 용건을 고르라는 자동 안내 음성이 몹시 생소했다. 그동안 나와 대화한 고객이 거쳤을 과정을 처음으로 겪어 본 것이다. 흘러나오는 음악을 들으면서나는 우연히 친한 동료와 연결되어 그를 깜짝 놀라게 할 기대에 부풀었다.

달칵.

통화가 시작되는 소리에 가슴이 뛰었다. 상담원 이름에 귀를 쫑긋 세웠지만, 아쉽게도 이름만 겨우 아는 서먹한 관계였다. 민망함을 무릅쓰고 용건을 꺼냈다.

"수고 많으십니다. 저는 얼마 전에 퇴사한 사람인데요."

현직 상담원 못지않게 매뉴얼을 꿰고 있었으므로 이메일 변경은 순조롭게 마무리됐다. 오히려 그가 절차를 헷갈릴 때 나서서 돕기까지 했다. 전화를 끊기 전 그 직원은 퇴사 소식은 들었다며 잘 지내느냐고 물었고, 당황해서 제대로 안내를 못 한 것 같다며 멋쩍어했다. 잘 지낸다고, 그리고 오늘 고마웠다고 대답한 뒤 어정쩡하게 대화를 마무리했다.

"그럼, 실례할게요."

뚝 하는 통화 종료음과 함께 콜센터와의 인연이 완전히 끝났다.

버티고 버티다 선택한 이직이었지만, 상담원을 그만두면서 아무런 걱정도 없었다면 거짓말이다. 첫 출근을 기다리는 동안 새로운 직장에 적응하지 못해 콜센터로 돌아가는 악몽까지 꾸었으니 말 다했다. 하지만 다행히 나는 평범한 사무직 회사원의 삶에 무탈하게 녹아들었다. 온종일 몇 마디 하지 않아도 되는 업무가 평화롭게 느껴지고, 화장실을 가지 않으려 갈증을 참지 않아도 된다는 사실은 감격스럽다. 무엇보다 매일 같은 시간에 출퇴근하다 보니, 그동안 엄두도 못 냈던 공부와 운동도 시작할 수 있었다. 주말에 남편과 데이트를 즐기고, 몇 달 후의 연휴 계획도 함께 세운다.

일본에 몇 없는 친구와 약속을 잡기도 수월해 아예 정기 모임을 갖기로 했다. 나를 고통스럽게 했던 우울감이나 신체적 고통도 감쪽같이 사라졌다. 더는 남몰래 지구 종말을 기원하거나 잠을 자기 위해 수면제에 기대지도 않는다. 출근길이 날아갈 듯 행복하지는 않아도, 쏜살같이 지나가는 주말을 안타까워하고 아침마다 화장실 갈 걱정 없이 아메리카노를 들이켜는 삶이 충분히 만족스럽다. 가끔 아침에 일어나는 일이 버거울 때면 오후 출근을 앞두고 늦잠을 자던 순간이 그리워지곤 하지만, 마음을 할퀴고 지나간 몇몇 목소리를 떠올리면 잠시나마 품은 그리움도 금세 물거품처럼 사라져 버린다.

콜센터에 들어가기 전과 달라진 점이 있다면, 영화나 드라마에 종종 등장하는 '갑질' 장면을 버티지 못한다는 것이다. 한번은 백화점 화장품 매장에서 근무하는 주인공에게 어느 진상 고객이 환불을 요구하며 영수증을 던지는 모습을 보다 속이 울렁거려 TV를 껐다. 고객이 목소리를 높이거나 억지를 쓰거나 직원을 모욕하는 광경을 보면 견딜 수 없이 불쾌해진다. 내가 감당하지 않아도 되는 분노에도 몸이 멋대로 반응해서다. 아무래도 콜센터 생활을 하며 예민해진 귀가 진정되려면 시간이 조금 더 필요한가 보다.

오믈렛뚝딱

물론 나쁜 점만 있었던 것은 아니다. 콜센터 생활 덕분에 일본어가 훨씬 편해졌다. 일본어로 통화하거나 이메일을 쓸 때, 콜센터에서 일한 경험이 큰 도움이 된다. 또 고객으로서 다른 콜센터를 이용할 때 "상담원님, 친절하게 알려주셔서 감사해요."라거나 "상담원님, 좋은 하루 보내세요."라는 인사를 스스럼없이 덧붙이게 됐다. 예전에는 쑥스러워 입 밖으로 꺼내지 못했지만 이제는 그 말이 누군가에게 큰 응원이 될 수 있음을 잘 알아서다.

세상에 완전무결한 사람은 없다. 불완전한 기업이 만든 제품을 불완전한 소비자가 사용하고, 필연적으로 발생하는 문제를 다시 불완전한 콜센터 상담원이 해결하려 애쓴다. 이 사실이 의도된 잘못을 감싸는 핑계가 되어서는 안 되지만, 모두가 각자의 위치에서 조금씩 이해의 폭을 넓힐 이유는 되지 않을까. 당장 콜센터 상담원에 대한 처우를 개선하거나 사회적 시선을 변화시키기는 힘들어도, 내 입에서 나오는 말 한마디는 얼마든지 바꿀 수 있다.

이 세상에 누군가를 상처 주려는 말보다 보듬고 북돋아 주려는 말이 더 많아지기를 진심으로 소원한다. 때로는 회상하는 일조차 버거웠던 기억을 모아 기어코 책 한 권을 완성한 것은, 단지 이 말이 하고 싶어서였는지도 모르겠다.

☎ 『콜센터의 말』은 코로나 시국 일본 여행사 근무라는 당혹스러운 상황을 맞닥뜨린 한국인의 이야기다. 콜센터 상담원이자 외국인 노동자로서, "숨 쉬듯 용서를 비는 인간"으로서 그가 치러냈을 전쟁이 내 눈에도 선하다. 하지만 저자는 헤드셋 속 불쾌한 소음에 압도되지 않는다. 온갖 무례와 비상식이 판치는 와중에도 자기 몫의 언어를 확장하며 묵묵히 나아갈 뿐이다. 그가 하나둘 그러모은 '콜센터의 말'에서 절망 대신 고요한 힘과 기품을 느낀다. 혼란 속 혼란을 정제해 마침내 보석상자 같은 책을 엮은 저자에게 존경과 애정의 박수를 보내고 싶다. **정지음**(『젊은 ADHD의 슬픔』 저자)

☎ 온 세상 가득히 퍼져 나가는 말, 말, 말. 우리가 하는 수많은 말들은 어디로 갈까? 공기 사이사이로 흩어질까?

혹은 누군가의 마음 안에서 생명력을 얻고 오래도록 살아갈까? 그렇다면 이제는 그 말을 '사람'이라 불러 봐도 좋겠다. 가만히 들여다본다. 나의 마음에는 어떤 사람이 들어와 살고 있나. 나는 어떤 이의 마음 속에서 살아가고 있나.

수화기 저편 사람의 존재를 쉽게 망각하는 사회에서 『콜센터의 말』은 이야기한다. 사람은 시스템이 아니다. 우리는 살아 있는 언어다. 우리는 서로에게 친절할 수 있다. 기억 속 언어의 모양과 그 표면의 주름까지 살피는 이예은 작가의 정갈한 문장을 읽다 보면 말이 하고 싶어진다. '상처 주려는 말'보다 '보듬고 북돋아 주려는 말'이. 그래서 이 책의 진정한 여운이 시작되는 지점은 책을 덮는 순간이 아닌, 다음 언어가 시작되는 순간이다. **이수희**(『동생이 생기는 기분』 저자)

콜센터의 말

1판 1쇄 찍음 2022년 6월 18일
1판 1쇄 펴냄 2022년 7월 1일

지은이 이예은
발행인 박근섭, 박상준
펴낸곳 ㈜민음사

출판등록 1966. 5. 19 (제16-490호)
　　　　서울특별시 강남구 도산대로1길 62(신사동)
　　　　강남출판문화센터 5층
대표전화 02-515-2000
팩시밀리 02-515-2007

＊ KOMCA 승인필.
＊ 잘못 만들어진 책은 구입처에서 교환해 드립니다.
＊ 본 도서는 카카오임팩트의 출간 지원금과
무림페이퍼의 종이 후원을 받아 만들어졌습니다.